Custódia Wolney

Kalunga

1ª edição
Brasil
2011

© Copyright 2011
Ícone Editora Ltda.

Dados Internacionais de Catalogação na Publicação (CIP)
(Câmara Brasileira do Livro, SP, Brasil)

Wolney, Custódia
   Kalunga / Custódia Wolney | 1ª ed. | São Paulo: Ícone, 2011.
   ISBN 978-85-274-1189-9
   1. Ficção histórica brasileira | I. Título.

   11-08719 | CDD-869.93081

Índices para catálogo sistemático:
1. Romance histórico: Literatura brasileira | 869.93081

Preparação de originais
Andrey do Amaral

Projeto gráfico, capa e miolo
Richard Veiga

Revisão
Andrey do Amaral
Juliana Biggi

Proibida a reprodução total ou parcial desta obra, de qualquer forma
ou meio eletrônico, mecânico, inclusive por meio de processos
xerográficos, sem permissão expressa do editor (Lei nº 9.610/98).

Todos os direitos reservados à:
ÍCONE EDITORA LTDA.
Rua Anhanguera, 56 – Barra Funda
CEP: 01135-000 – São Paulo/SP
Fone/Fax.: (11) 3392-7771
www.iconeeditora.com.br
iconevendas@iconeeditora.com.br

Aos meus pais, José Correia e Maria Luiza,
aos quais devo o maior legado, pois doaram
o melhor de suas vidas para me fazer inteira.

Agradecimentos

Agradeço a Deus; a meus familiares que entenderam minha ausência durante as viagens e pesquisas de campo; a meus amigos escritores, em especial a Margarida Drumond, e ao agente literário Andrey do Amaral o qual acreditou e apoia o meu trabalho. Também não poderia deixar de expressar meu apreço e carinho por Dona Procópiado Riachão e seu Jovino do Vão de Almas, que fazem de suas vidas um acervo vivo da memória e tradições da Comunidade Kalunga.

Custódia Wolney

Apresentação

Ao escrever um romance histórico, deixo-me envolver totalmente pelo contexto que estou abordando. Vivo intensamente meus personagens. Vibro e sofro com eles. Sou fiel à historicidade brasileira. É assim que faço o resgate da História. Sendo ela um passado distante, debruço-me sobre livros em longas pesquisas até que me perceba vivenciando o que outras pessoas já viveram ao longo do tempo. Ao deparar-me com um contexto presente, vou ao encontro do fato até que ele se torne parte da minha vida.

Escrever um romance histórico é ter a oportunidade de conhecer as entranhas do Brasil e, quanto mais escrevo, maior fica a percepção de que minha caminhada está apenas começando neste meu imenso e amado País, rico em sua pluralidade cultural, fruto da miscigenação que se traduz no encontro de diferentes raças pulsando no mesmo coração brasileiro!

Escrever sobre a Comunidade Kalunga foi fruto do amadurecimento de alguns anos de pesquisa e da vontade de conhecer mais sobre essa gente tão forte e guerreira. Sempre que eu viajava, seguindo rumo aos municípios de Cavalcante, Monte Alegre e Teresina de Goiás, contemplava à distância aqueles morros e serras, e, a cada viagem, sentia aguçada em mim uma vontade genuína de ir além das estradas e desvendar os mistérios que envolviam uma comunidade que vivera isolada, por longos anos, desde os tempos da escravidão.

A comunidade Kalunga representa, não só para o Estado de Goiás, mas para a sociedade brasileira em geral, um riquíssimo patrimônio histórico e cultural. Um refúgio onde os africanos e seus descendentes construíram sua história de liberdade longe dos grilhões da escravatura, mantendo sua identidade, costumes e tradições afro-brasileiras que ainda hoje são cultuados nos vãos das serras, reduto dos remanescentes dos quilombos no Brasil, protegidos pelas águas do rio Paranã.

O romance Kalunga aborda questões como: grilagem de terra, preconceito racial, influência indígena na comunidade Kalunga, focando os valores e tradições afro-brasileiras, mesclando ficção com relatos históricos de acervo de centros culturais, universidades e pesquisadores.

Custódia Wolney

A autora

Custódia Wolney é escritora de romances históricos, comprometida com a divulgação da cultura e historicidade brasileira. Formada em Administração de Empresas, com especialização em Metodologia do Ensino Superior, seu maior objetivo é divulgar, em seus livros, a riqueza da diversidade cultural de nosso país.

Nossa romancista tem um diferencial: traduz com maestria os fatos históricos por meio de histórias interessantes e articuladas.

Andrey do Amaral, *professor de redação e literatura*

Prefácio

Os vãos das serras

A narrativa Kalunga de Bernadete, ou Berta, como é conhecida pelos seus nossa contadora de histórias, dá-nos conta dos reveses enfrentados pelos que saíram da região do quilombo, fugindo da opressão, e se tornaram vítimas dos açoites do preconceito – *"aumentando ainda mais a distância entre nós"*.

No texto objetivo, de valor sociológico, índio e negro, historicamente unidos nas torturas do tronco, são, de modo sublime, aproximados nas ternuras do amor, que vence suas próprias barreiras, ódios e rancores, e o tempo.

A história do povo Kalunga, suas origens, lutas e dificuldades, e o enfrentamento de cada uma delas, são o pano de fundo do belo romance de Custódia Wolney, que mostra, de modo claro e contundente, a convergência de desgraças nas histórias de duas diferentes nações, habitantes da mesma área geográfica, Kalunga e Avá-Canoeiros.

O romance histórico registra a luta pela liberdade, individual e coletiva, enfrentando ameaças e morte, superando invasores, grileiros, fazendeiros de gado, represas hidroelétricas; a passagem veloz, da situação isolada, esquecida do mundo, por ele negligenciada, ao exercício da cidadania; e o rápido *aprendizado* das coisas consideradas modernas, abandonando tradições ancestrais.

A esperança da fraternidade universal surge da superação dos ódios, representados, no romance, de forma exemplar, na união de negros Kalunga e dois remanescentes índios Avá-Canoeiros, em torno da causa comum, a defesa do território, da família e da liberdade.

Hábitos, costumes, tradições e comidas, além das belezas naturais daquela parte do país, são apresentados de maneira tão singela, que nos pegamos com vontade de fazer as malas e ir visitar Berta e sua família, para ouvir histórias, à noite, ao pé do fogão de lenha, ou sob o céu das estrelas que os iluminam. Até porque a luta de liberdade do povo Kalunga é a nossa luta de sobrevivência.

Tenha certeza de que você viajará nos vãos das serras das páginas deste romance.

Tarcísio Almeida, *médico e escritor*

Kalunga

Nota explicativa: Neste romance, há variação proposital da norma culta da Língua Portuguesa para representar a fiel realidade e fala da comunidade Kalunga.

Todas as tardes, quando o sol se põe atrás das serras avermelhando o entardecer, sento na cadeira de balanço, que fica na varanda de nossa casa. Ao longe, posso ver os morros e serras distantes, até onde a vista alcança. Tudo verde, tudo paz. Com o olhar fixo nesta paisagem, me transporto a outros tempos. Fecho os olhos e me vejo menina, moleca, correndo entre os vãos das serras, despreocupada, segura e tranquila. Penso na saga do meu povo; meu povo que fez do chão da mata a sua terra, o seu forte; meu povo que – há mais de séculos, desde quando, no Brasil, o negro era matéria bruta que se comprava no mercado – vem procurando a igualdade que, embora seja sua por direito, lhe foi arrancada das mãos por uma sociedade que acreditava que o valor da pessoa estava, entre outras coisas, na cor de sua pele.

Nossa casa tinha os cômodos amplos, mas era modesta. Uma choça feita de taipa, barro socado, em armação de taboca e coberta com palha de buriti. Possuía dois quartos e, passando por um estreito corredor ao ar livre, chegávamos a uma grande cozinha que costumava ser o local de encontro da família e dos vizinhos. No quintal, muitas árvores frutíferas e a mesma areia branca e fina que havia do lado de fora iam casa adentro. Porém, mãe Iara era muito cuidadosa e, com uma folha velha de buriti, mantinha nossa casa sempre limpa.

À noite, sob a chama reluzente saída de uma pequena lamparina à base de querosene, eu ouvia, fascinada, as histórias que meu bisavô Nhô Tobias contava. Ele, já com o rosto todo enrugado, mostrando a idade avançada, ajuntava a criançada, e, enquanto enrolava o fumo na palha seca, contava as histórias antigas do Quilombo dos Palmares, que ele ouvira quando ainda era criança.

Eu achava triste a história dos negros trazidos da África para trabalhar nos canaviais de açúcar e nas minas de ouro aqui no Brasil. Trabalhavam sem sossego nem descanso, sustentados à base de feijão, farinha e peixe... Comida na medida, sem fartura. Orgulhava-me dos que conseguiam fugir do tronco onde eram açoitados. Iam embora, levando consigo as marcas do bacalhau, chicote de três pontas, que cortava a pele, deixando em seus corpos as marcas da tortura e, em seu sangue, a revolta pungente.

Meu bisavô contava: *os fugitivos caminhavam léguas, até chegar a uma serra na qual havia pedras, palmeiras e um largo rio.* O número de escravos que conseguia fugir das fazendas ia aumentando cada vez mais, e todos encontravam paz e alento entre os Palmares.

Meninota, eu nunca havia ido à escola. Aquelas histórias recheadas de mistérios e lutas cresciam em minha mente. Depois de ouvi-las, eu passava uma noite agitada, sem dormir direito, revirando-me na rede de algodão feita por minha mãe. No outro dia, logo cedo, ia brincar nos arredores, montada na folha de buriti que mãe Iara usava para limpar o terreiro e a casa. Quando minhas amigas estavam por perto, brincávamos juntas. Se elas tivessem escutado as histórias do Nhô Tobias, melhor; se não, eu lhes contava tudo antes de iniciar a brincadeira e, depois, criávamos nossas próprias histórias. E no faz de conta, estávamos sempre fugindo dos canaviais de açúcar e nos encontrando com os quilombolas.

Quando já fartas de brincar, queríamos conhecer mais, saber sobre o que acontecera àquela gente. Íamos ansiosas atrás do Nhô Tobias. Ele ficava na roça próxima à minha casa. Ao vê-lo ainda distante, com a enxada a remexer a terra, corríamos ao seu encontro. Atrapalhávamos o seu serviço, pedindo sua atenção. Mas, para ele contar as histórias dos Quilombos, só à noite, na mesa da cozinha, sob a luz da lamparina. Então íamos embora com a promessa de que, depois do jantar, ele nos contaria mais histórias. Passávamos o dia na expectativa do encontro. Nhô Tobias era nosso mestre, nosso professor, considerado sábio, como um pajé de uma tribo indígena.

Naquela noite, Nhô Tobias nos contou: *nos Palmares havia mocambos, aldeias espalhadas, e eles se juntaram em um governo só.* Falou sobre Ganga Zumba, Ganga na África significa rei, e Zumba era seu nome próprio. Ele era o chefe do Quilombo dos Palmares e lutava pelos direitos dos negros. Contou que, em um dia de confronto, o inimigo invadiu uma aldeia, matou gente, queimou casas, degolou crianças. Um menino de poucos meses escapou de morrer. Deram o pobre a um sacerdote que criou o pequeno órfão. Deu-lhe o nome de Francisco, e o menino cresceu protegido pelo padre. Foi coroinha, ajudante de missa, aprendeu matemática, latim, histórias da Bíblia. Tornou-se um adolescente inteligente, estudado, galgou um conhecimento que negro nenhum tinha até então.

Francisco sentia que tinha uma sina, um dever a cumprir. Certa noite, como de costume, tomou a bênção do padre e foi dormir. No outro dia cedo, o padre sentiu falta de Francisco à hora do café da manhã. Foi ao quarto do rapaz que estava vazio, com a rede balançando ao sabor do vento que entrava pela janela aberta. O padre ficou triste, mas sabia onde Francisco havia ido. Ele fora ao encontro dos Palmares, em busca de sua gente. Lá mudou de nome, resolveu chamar-se Zumbi e adotou uma família. Inteligente, em pouco tempo se tornou chefe de um mocambo, com todos os mocambos obedecendo ao Ganga Zumba.

Lembro que eu nem piscava os olhos, enquanto os ouvidos ficavam atentos a tudo que Nhô Tobias dizia. As histórias contadas na escuridão da noite, com a criançada toda em silêncio, sentada no chão coberto pela camada de areia branca e fina, e a sombra de seus corpos refletidos nas paredes socadas da cozinha, pareciam possuir mais emoção. Minha mãe ajeitava a lenha em brasas no fogão, e uma panela de barro cheia de arroz estava lá, sempre quente, para quem sentisse fome, e a conversa gostosa se estendia noite adentro.

Zumbi era um rapaz danado de inteligente, contava meu bisavô, olhando a noite escura e fumando seu charuto de palha. Os negros utilizavam o que podiam para vencer o inimigo: flecha envenenada, lança, espada, pedras, até água fervendo servia. Faziam buracos, verdadeiras armadilhas, disfarçadas com galhos. Zumbi logo se tornou temido. Fortaleceu as guerrilhas que Quilombo dos Palmares travava com o governo português, porque, até então, o Brasil pertencia a Portugal, e o governador de Pernambuco e os fazendeiros lhe obedeciam. Cansados de derrotas, chamaram Ganga Zumba, o chefe do Quilombo dos Palmares, porque queriam pôr fim àquela quizila.

Ganga Zumba era poderoso e respeitado. Às portas fechadas, o governo fez uma proposta de paz. Satisfeito com o combinado, Ganga Zumba voltou a Palmares e contou ao povo o que aceitara: *os pretos e índios nascidos em Palmares ficariam livres; os que haviam fugido para lá, teriam que voltar para seus donos e os que obedecessem a essa combinação teriam que, dali por diante, obedecer ao rei de Portugal, ficando sob a proteção dele, recebendo terras para viver e trabalhar, podendo estabelecer um comércio entre Palmares e as cidades vizinhas.*

Zumbi ouviu tudo, e não aceitou aquela condição. Para ele, a liberdade só teria sentido se fosse para todos os negros. Ganga Zumba aceitou o combinado e se mudou para uma fazenda chamada Cacaú. Ilusão de Ganga Zumba que perdeu todo seu poder e, certo dia, foi morto, envenenado sem se saber por quem. Zumbi continuou a luta.

Uma moça branca, chamada Maria, largou tudo para acompanhar Zumbi na sua guerrilha contra a escravidão. Ele tinha nas mãos o apoio dos negros e o sentimento de liberdade. Lutou ainda por tempos até que certo dia foram pegos de surpresa. Muitos pelouros – balas de ferro, atiradas por canhões – caíram sobre Palmares. Logo, tudo se incendiou acabando com Palmares e as armas venceram o ideal de liberdade. Mesmo assim, Zumbi escapou. E agora coxo, devido a um pelouro que explodira a seu lado, não tinha mais a habilidade de outrora. Mas Zumbi era tinhoso, não desistia do que queria. Continuou a lutar, formando novo exército; mandava espiões à cidade para trazer novos guerreiros. Um espião foi capturado e torturado até a exaustão. Em desespero, entregou o local de esconderijo de Zumbi. Desta forma, Zumbi fora assassinado, acabando com o sonho de liberdade de milhares de negros que o seguiam.

Sempre que ouvia essas histórias, minha mãe passava a mão cansada no meu ombro. Ela suspirava, dizendo que era por isso que não me deixava ir para a cidade: *o sangue do homem branco é ruim...* Tinha nos olhos o medo, passado a ela por gerações. Chamava-se Iara, e nunca havia saído do vilarejo para lugar algum. Meu pai, com a cara fechada, sentindo-se incomodado com a perturbação de seu sono, reclamava. Usava de sua autoridade e, num instante, se acabava nossa fantasia. Depois íamos dormir.

O que estou falando me foi contado há tempos, e tantas coisas se perderam da memória... O que ficou vivo em meu coração e não morrerá jamais é o orgulho de minha raça, de minha cor. Bastante gente do meu vilarejo desconhece a história do Quilombo dos Palmares. Tive sorte de ter alguém como Nhô Tobias que me ajudou a formar uma consciência crítica em relação ao papel do negro em uma sociedade tão injusta como a nossa. Nunca fui para o tronco, não tenho na pele as marcas do bacalhau, mas trago comigo a mágoa do sofrimento de minha gente e a certeza de que não sou melhor nem pior do que ninguém, apenas igual e quero esse reconhecimento como direito.

Palmares foi o maior e mais importante quilombo do Brasil. A tentativa de fuga dos negros acontecia em outras regiões do país, não só em Pernambuco. No Estado de Goiás, a região conhecida como Chapada dos Veadeiros, cheia de serras, morros, buritis e banhada pelas águas do rio Paranã, foi o refúgio ideal encontrado pelos escravos. Eles trabalhavam nas minas de ouro de Goiás. O acesso lá era difícil. Os negros que se escondiam nos vãos daquelas serras não eram encontrados por seus patrões. Nessas paragens, meus ascendentes encontraram descanso.

Continuando minha história, meu nome é Bernadete, mas me chamam de Berta. Venho de uma região pouco conhecida, no extremo norte do Goiás, entre os municípios de Cavalcante e Teresina, ao sul, e Monte Alegre a Nordeste, recanto do rio Paranã. Nossa comunidade é formada por negros e cafuzos a qual viveu por tempos quase sem contato com o resto do mundo. Minha mãe nunca saiu da região dos Kalunga. Ela me criou sem sair de lá. Esporadicamente, poucos visitantes como caixeiros viajantes ou apenas alguns curiosos passavam por nossa região. Caso algum desconhecido aparecesse por lá, era recebido com hostilidade. Até pela nossa cultura, não gostávamos de brancos circulando em nosso meio.

Para não dizer que éramos totalmente isolados, algumas pessoas de nossa comunidade mantinham pequeno contato com as cidades ao pé da serra. Precisávamos de sal para cozinhar e de querosene para nossas lamparinas. Nossos homens desciam a serra, levando consigo a buraca, uma caixa com tampa feita com couro de boi, que servia para colocar a farinha de mandioca que produzíamos, bem como o arroz já limpo, feijão, pele de veado, pena da ema, sabão, e tudo o que produzíamos e queríamos comercializar na cidade.

A farinha de mandioca e outros produtos eram trocados por coisas das quais precisávamos. Trazíamos também carne de sol das cidades ao pé da serra. Lá o preconceito contra nós era latente. Eles nos tinham como selvagens, feiticeiros, preguiçosos e sujos. Essas pessoas que nos rotulavam desconheciam nossa luta, vida e costumes. Falavam por falar, aumentando ainda mais a distância entre nós.

Sem estrada, por entre árvores e o sol escaldante, os homens ficavam com a aparência realmente suja e desajeitada, mas isto era devido às grandes dificuldades pelas quais passávamos nos vãos das serras, e também às poucas noções de higiene que tínhamos até então.

Meu bisavô Nhô Tobias contava que em sua juventude as coisas eram mais difíceis. Como as cidadezinhas ao pé da serra não passavam de vilarejos, nem sempre elas dispunham de um estoque que atendesse às necessidades da comunidade Kalunga. Assim, para conseguirem comprar tudo o que fora encomendado, os tropeiros necessitavam de viajar para cidades mais distantes, como Belém do Pará.

A viagem era sempre penosa. Eles seguiam em pequenas embarcações; na verdade, iam de bote! Imaginem a quantos perigos estavam expostos... Seguiam pelos rios, passando do Paranã ao Tocantins até saírem em Belém. Estas viagens demoravam um ano inteiro. Os tropeiros as faziam deixando para trás a família inteira. Mulheres desmaiavam, no momento da despedida, com medo de não tornarem a ver seus homens que partiam naquelas aventuras.

Era uma peleja! Os homens enfrentavam as enchentes dos rios, e a pobre embarcação, cheia de mercadorias, seguia rápido e junto à forte correnteza. Nos trechos em que o rio ficava raso, era ainda pior: o bote encalhava na areia ou nas pedras. Os tropeiros, já cansados da viagem, tinham que descer, descarregar o bote e puxá-lo com uma corda, até desencalhá-lo. Com o tempo, deixaram de ir para Belém do Pará e começaram a comprar suas mercadorias em Barreiras ou em Formosa, cidades próximas da nossa região. Em parte, os tropeiros se livravam dos perigos dos rios. Porém, precisavam driblar os índios que os atacavam com fechas afiadas. Era uma viagem sofrida também. Por todas essas coisas, quando olhava para Nhô Tobias e via no seu rosto as marcas do sofrimento, da luta diária pela sobrevivência, me orgulhava ainda mais de tê-lo como bisavô.

Na minha infância, fazia meus próprios brinquedos com buriti. O que eu gostava mesmo era de sair pelo mato, inventando minhas próprias brincadeiras. Todos os meus parentes tinham muitos filhos, pois não fazíamos nenhum controle de natalidade. Eu sou filha única, e mãe Iara queria mais filhos. Tinha vontade de encher a casa como suas irmãs, mas se justificava, com o olhar distante, dizendo que Deus não queria. Por isso, só lhe deu uma: eu. Não sei ao certo o que aconteceu: antes mesmo de eu ter completado um ano de idade, mãe Iara perdeu um bebê. Ela contava que ficou dias e dias deitada na cama perdendo muito sangue. Depois disso, nunca mais engravidou. Talvez por isso ela me enchia de cuidados exagerados e transferia a mim seus medos, tanto é que eu não me distanciava dos arredores de nossa casa. Receava me perder na mata. Imagina se eu chegasse ao pé da serra e encontrassse uma civilização que eu desconhecia. Aprendi a temer. Era uma preocupação sem fundamento. Hoje sei que, para chegar ao menos perto de qualquer cidade lá embaixo, tinha que percorrer mais de doze horas por estradas à cavaleiras – caminhos estreitos feitos pelas pisadas das patas dos cavalos – e chão batido, íngremes e de difícil acesso.

Na minha região todo mundo é parente. Eu tinha muitos primos e minha casa estava sempre cheia de crianças. Na verdade, éramos uma grande família. Próximo à nossa casa havia um córrego onde tomávamos banho. Tínhamos o costume de andar nus, sem constrangimento ou vergonha. Isso era comum. Lembro que eu ficava o dia todo sem roupa alguma sobre meu corpo. Gostava de sentir na pele o frescor do vento. Nos olhávamos com naturalidade, sem maldade nem malícia... Na minha terra ninguém passava fome. Se alguém não tivesse o que comer, o outro ajudava. Se em alguma casa tivesse carne, era dividida entre os parentes.

Aos oito anos eu já ajudava na roça. Plantávamos arroz, mandioca, milho, abóbora, melancia... Os homens ficavam com o trabalho mais pesado que era derrubar a mata e arrancar os troncos e cepos das árvores, deixando o terreno limpo, e as mulheres e crianças colocavam as sementes. Fazíamos um revezamento diário para cuidar da roça, com todos participando da colheita. O sol era nosso aliado, pois fazia a semente brotar, e a lua ajudava as plantas crescerem, regulando o plantio e a colheita. Enfim, existia uma grande harmonia entre a natureza e os kalunga. Nós a preservávamos não devastando o solo, e ela, em recompensa, nos presenteava com seus frutos.

Assim fui crescendo, espantando os periquitos que queriam acabar com nossa plantação. Ficávamos escondidos, usávamos bodoque – pequeno arco que atira pedras – depois de atrair os periquitos com cantos a assobios e armadilhas com visgo de gameleira – arbusto de uma árvore. Apesar dos transtornos que os periquitos representavam para a plantação, para mim era uma grande brincadeira.

Aos poucos, os sinais da adolescência foram chegando e transformando meu corpo franzino. Comecei a criar formas de menina-moça. Minhas brincadeiras foram-se modificando e criei amigos imaginários. Conversava com eles no meu quarto, inventava fantasias. Sempre lembrava a história dos Quilombos. Em toda brincadeira que eu inventava, estava o Zumbi, aquele que Nhô Tobias contava. Juntos, enfrentávamos todos os inimigos. Eu era a sua Maria, como na história, que havia deixado tudo para segui-lo. Pela janela do meu quarto, ficava olhando a mata com uma curiosidade de conhecer o que existia além dos vãos de nossa serra. Nestas horas me dava tanta saudade do Nhô Tobias. Ele não me passava medo, como minha mãe. Ao contrário, me ensinou a lutar por aquilo que eu acreditava.

Numa tarde, sofri muito quando meu pai entrou em casa com ar de preocupado, chamando minha mãe para conversar no canto da cozinha. Mãe Iara nem escutou direito o que ele dizia, saiu correndo com a mão na cabeça e gritando alto: *Nhô Tobias, Nhô Tobias... não!* Saí correndo atrás dela, até chegarmos à roça. Morreu de velhice, quase centenário. Morreu trabalhando. Era o que ele mais gostava de fazer.

2

Era uma tarde de sol forte. Saí da cozinha. O fogão à lenha, aceso, deixava-a quente. Refugiei-me no quintal. Sentei-me perto de alguns pés de bananeira, onde meu pai havia colocado um banco de madeira. Ali à sombra, minha pele nua sentia o toque do vento fresco. Ouvi um barulho. Tive a impressão de que alguém me observava. Olhei para trás querendo saber de onde vinha o barulho de passos. Não encontrei ninguém.

Pensei que pudesse ser algum passarinho ciscando no terreiro à procura de alimento, de tão sutil que era o som que eu ouvira. Deixei de lado o interesse e fiquei olhando o azul do céu e as nuvens claras. Levei um susto quando senti um braço forte envolvendo minha cintura.

Quis gritar. Até tentei, mas, com a outra mão, ele tampou a minha boca. Eu esperneava com as pernas suspensas no ar e lhe dei uma grande mordida no dedo; em resposta, só saiu um gemido que foi mais um sussurro. Em seguida ele apertou forte a minha cintura contra seu corpo, como a mandar que eu me aquietasse. Com passos apressados, e sem fazer barulho, afastava-se de minha casa, adentrando na mata. Minha mãe estava na cozinha preparando o almoço, enquanto meu pai, na oficina, ralava a mandioca no pau de angico, uma madeira com espinhos pequenos, utilizada para fazer farinha. Ninguém o viu me levar, nenhum primo, nenhuma amiga brincando nos arredores...

Ainda não tinha visto seu rosto, naquela luta desigual. Ele me colocou deitada de bruços sobre seu ombro e continuava a caminhada com passos apressados. Eu só sentia o cheiro forte de suor. Dava tapas em suas costas e gritava, pois ele já não tapava minha boca. Estava distante de casa e ninguém ouvia o meu desesperado pedido de socorro. A mata parecia abafar o meu choro. Depois de um grande tempo caminhando, ele me colocou no chão. Sorriu. Amedrontada, eu olhava aquela boca que faltava um dente na frente, deixando um buraco em seu sorriso. Em seu braço pude observar uma grande cicatriz. Ele dizia numa linguagem diferente da minha a expressão "cunham semicato", e a repetia várias vezes, olhando meu corpo nu. Só muito tempo depois, pude entender que ele dizia: moça bonita. Eu não sabia o que fazer. Como ele não estava me segurando, saí correndo. Ele me alcançou com facilidade, derrubando-me no chão. Falava coisas que eu não entendia e eu também falei, pedi que me levasse de volta para casa, mas percebi que era inútil. Falávamos línguas diferentes. Depois ele me colocou novamente nos ombros e continuou a caminhada.

Lembrei-me do medo que tínhamos dos índios que se escondiam perto do rio. Como fantasmas, eles gostavam de nos atormentar. Caso alguém se aproximasse do rio, à noite, corria o risco de levar uma pedrada. Eram reconhecidos, também, quando, na escuridão, ouvíamos no mato um barulho de assovio ou o som da gaita feita, com bambu, que eles tocavam. Algumas vezes os índios faziam "malinezas", como costumávamos dizer, quando eles roubavam alguma comida que havíamos esquecido do lado de fora de casa durante a noite, além de outras coisas pequenas. Eram invisíveis durante o dia e não nos faziam nenhum mal, a não ser esse tratamento hostil perante os que tentavam aproximar-se do rio durante a noite. Os Kalunga os considerávamos índios bravos, que ainda não haviam sido "amansados", porque viviam isolados. Não eram diferentes de nós, que também vivíamos isolados, portanto um temia e respeitava o outro, mantendo uma certa distância. Com o tempo e aos poucos, eles foram se aproximando. Alguns moços kalunga já se casavam com moças índias.

Naquele momento, sendo carregada daquela maneira, imaginei que só poderia estar nas mãos de um Canoeiro — índios nômades que circulavam por nossa região de vez em quando. Eu já ouvira falar do casamento de mulheres

Kalunga com esses índios. Em determinada época, isso chegou até a ser comum na região. Eles deixaram suas marcas e feições em nossa gente. Eu não havia chegado a conhecer nenhum deles. E, assim, sendo carregada à força, roubada do quintal de minha casa, como se rouba uma galinha para o jantar, não conseguia acreditar que aquilo estivesse acontecendo comigo. Aos poucos, ele se aproximou do rio Paranã, pegou uma canoa que estava escondida entre algumas árvores e a levou para a água. Viajamos. Não sabia para onde ele me conduzia. Pela forma e agilidade com que navegava, percebi que a canoa era sua amiga íntima, tamanha a facilidade com que deslizávamos sobre as águas daquele rio.

Fiquei acuada, com os braços cruzados abraçando meus joelhos. Calado, ele remava com rapidez. Era final de tarde, quando, ao se aproximar das margens do rio, ele fez a canoa parar. Descemos. Fui colocada em suas costas. Estava cansada, com medo e fome. Começamos a subir uma grande serra. Eu chorava com soluços baixos.

O sol já se escondia no horizonte. Num morro entre grandes árvores, estava uma oca, cercada com tronco de guariroba. A cobertura era plana, forrada por tronco de guariroba que apoiava uma camada de meio metro de palha e diversas folhas. A oca, escura, estava iluminada apenas por uma pequena fogueira, feita do lado de fora. Ao redor do fogo havia um grupo de seis pessoas... Eles fumavam um cachimbo de barro, negro, grosso e pesado, com um cabo de taquara amarelado. Taquara, para quem não conhece, é um bambu. O cachimbo passava de boca em boca. Um rapaz tocava uma viola de uma corda só. Era feita com talo de buriti no formato de uma canoa. Apenas uma linha de nylon que ia de uma extremidade à outra do instrumento, emitia um som surdo e triste. Mesmo assustada, não pude deixar de perceber aquela melodia melancólica.

Quando perceberam a nossa presença, levantaram-se todos ao mesmo tempo, indo ao encontro do homem que chegara comigo. Duas senhoras aproximaram-se de nós. Ele me colocou no chão. Não sei descrever o que senti. Nos olhos dele havia uma satisfação como se tivesse conseguido uma boa caça.

Havia, no grupo, dois rapazes e duas crianças. Eles se uniram às duas senhoras e me olhavam da cabeça aos pés. Conversavam ao mesmo tempo, rodopiavam meu corpo, analisando meus traços. Eu não entendia uma só palavra do que eles diziam. Falavam apressados em tupi-guarani. Eu, que até então nunca havia saído da região dos Kalunga, embora falasse português, usava um dialeto peculiar da nossa gente. Era uma confusão: eu não os entendia, nem eles, a mim. Logo percebi que não estavam preocupados com isso.

A conversa entre eles começou a esquentar. Parece que haviam se desentendido. Talvez porque não houvesse comida e estávamos os dois com fome e cansados. Ele entrou na oca, pegou alguns instrumentos, distribuindo-os aos jovens. Saíram todos para caçar alguma coisa para comermos, apesar de já ser quase noite. Ficamos a sós. Ele segurou minha mão e entrou na oca comigo, enquanto, olhando-me, sorria. Abaixei a cabeça sem vontade de encará-lo.

Aquele homem deitou-me no chão sobre um pedaço de couro. Eu ainda não entendia o que ele faria comigo. Vestia apenas uma calça velha e encardida. Ficou de joelhos e desceu o zíper. Arregalei os olhos. Quase em pânico, tentei me levantar. Ele era bem mais forte e me imobilizou, sentando-se sobre os meus joelhos. Eu estava apavorada, mas ele se deitou sobre meu corpo nu, encaixando-se entre minhas pernas. Entrou em mim de forma agressiva, rasgando-me por dentro. Eu gritava de dor, enquanto ele gemia e uivava de prazer, deixando impregnado na minha pele o cheiro forte do seu suor e do seu sexo. Finalmente saciado, deitou-se, ao meu lado. Eu não tinha forças para mais nada. Não gritei nem reclamei. Ele não entendia minha língua. Não tentei fugir. Sabia que seria em vão. Calei-me, convencida de que ele me tratava como coisa e propriedade sua e eu não tinha forças, naquele momento, para lutar contra o que estava acontecendo. Do lado de fora, perto da fogueira, havia um riacho. Lavei meu corpo, tentando tirar as marcas daquela violência. Abafava os meus soluços e engolia o choro, tentando ser forte.

Mais tarde, o grupo chegou de mãos vazias, sem conseguir nenhuma caça. Pegaram tochas de fogo e procuravam alguma coisa nos arredores. Finalmente tinham nas mãos dois morcegos e três ratos. Enjoada, fiquei os olhando matar os animais e enfiá-los no espeto para assar na fogueira. Fartaram-se daquela comida repugnante. A mais velha do grupo aproximou-se, oferecendo-me uma porção. Neguei com a cabeça. Ela insistia, encostando um pedaço do rato na minha boca. Afastei-me e fiquei tonta. Meu estômago começou a embrulhar.

Encostei a mão no tronco de uma árvore e vomitei. Meu estômago estava vazio. Não tinha muito o que por para fora. Eu não conseguia controlar aqueles espasmos e contrações que meu corpo impunha. Entrei na oca e me deitei sobre o couro, no mesmo local onde o homem me violentara. Estava tão exausta que adormeci, desejando que aquilo fosse apenas um pesadelo que iria embora com a chegada da manhã.

Os raios do sol clareavam timidamente a oca. Acordei assustada, sem saber ao certo onde eu estava. Uma manta quente envolvia meu corpo, protegendo-me da friagem. Quem me agasalhou durante a noite? Não sei, mas eu estava agradecida pela primeira demonstração de atenção que me era dada por aqueles estranhos.

Um ronco alto em minha barriga reclamava a falta de comida. Eu estava decidida: morreria de fome se preciso fosse, mas não comeria ratos nem morcegos. Pela entrada da pequena oca, percebi que aquele homem que me roubara assava dois peixes. Todos se aproximaram da fogueira enquanto a primeira refeição era preparada, menos eu, que continuava enrolada na manta, desejando aquele peixe, quase a comê-lo com os olhos.

Embora o peixe fosse, assim como a farinha de mandioca e o arroz, a base da alimentação kalunga, carne branca não era minha comida preferida. Quando o alimento ficou pronto, ele o tirou da fogueira e o grupo se levantou, cada um querendo sua parte. Ele falou alto, num tom autoritário, naquela linguagem desconhecida. Entrou na oca, oferecendo-me o peixe inteiro. Agarrei o peixe com as duas mãos. Estava quente, mas a fome era tanta que eu o devorei, sobrando apenas o espinhaço; nem a cabeça do animal eu desperdicei. Não saiba quando seria minha próxima refeição.

Enquanto comia, lembrava-me de quando mãe Iara fazia peixe; eu não gostava, empurrava para o canto, cheia de vontades, mas aquele peixe, naquele momento, era a comida mais gostosa para mim. Levantei os olhos e vi que as pessoas me olhavam com curiosidade. Fiquei envergonhada. Limpei a boca com as mãos e me deitei, cobrindo minha cabeça com a manta. Não tinha vontade de olhar para ninguém.

Como estaria mãe Iara? Como estaria meu pai, sempre acostumado a reprimir suas emoções? E meus amigos? Comecei a chorar com saudades da minha gente. E aqueles índios, como viviam? Onde estavam a roça, o pomar e a horta que eram tão necessários e que constituíam a base de alimentação de minha família?

Mais tarde, quando saí da oca, notei que eles cultivavam fumo, um pouco de batata-doce e milho. Era pouco. A roça era descuidada. Havia do lado de fora da oca um pilão, uma peça escavada ao fogo em um tronco de madeira dura, que eles poderiam utilizar para socar arroz, embora eu não tivesse visto na roça nenhuma plantação de arroz.

Passamos o dia na oca e, à noite, descemos sorrateiramente a serra. Digo descemos, porque até eu fui levada para caçar. O grupo esgueirava-se pela mata sem fazer barulho e eu os acompanhava com medo. Era noite de lua cheia e sua claridade iluminava a mata escura. Pulamos a cerca e invadimos uma propriedade particular. Continuamos a andar pelos cantos da fazenda e, naquela noite, eles mataram um bezerro e roubaram um cavalo. Subimos a montanha e nos escondemos na mesma pequena oca. Tínhamos em mãos carne abundante para dois dias, pelo menos.

Por necessidade, fui-me adaptando àquele estilo de vida diferente do meu. Os Canoeiros viviam escondidos, por medo do homem branco que os expulsara de suas terras. Para se alimentar, dependiam da roça dos colonos na qual roubavam alimentos e das fazendas vizinhas de onde subtraíam animais (gado, porco, cavalo), o que estivesse ao alcance para a sobrevivência do grupo. Vivíamos do que plantávamos e colhíamos. É certo que os Kalunga passávamos por dificuldades. Não tínhamos comida em abundância, e, quando acontecia de o rio Paranã encher e invadir nossa roça, passávamos por privações. Jamais nos apoderávamos do que não era nosso. Até porque se algum parente estivesse sem ter o que comer, nossa comunidade ajudava e ninguém passava fome.

Quando a noite chegava, íamos caçar ou pegar alimento nas fazendas vizinhas. Já na oca, exausta da caminhada, eu deitava no chão sobre o couro, envolvendo-me na manta grossa. Ele vinha ao meu encontro, deitava-se sobre meu corpo. Eu me encolhia, fazia gestos, demonstrando que não queria, mas ele não se importava, sorria, mostrando o buraco vazio entre os dentes. Chamava-se Putdkan. Tinha o dobro de minha idade. Com força e de qualquer jeito, me possuía. Vencida, eu fechava os olhos, desejando que o momento fosse breve. Mesmo com aquele jeito rude de ser, eu percebia que ele gostava de mim. Tratava-me de forma diferente ainda que truculento. Preocupava-se com minha alimentação, se eu estava passando frio ou não. Defendia-me dos adolescentes e das senhoras mais velhas as quais pareciam ser as irmãs dele. Ensinava-me a caçar e a escolher o melhor momento de abater a presa.

Além dos animais que eles abatiam nas fazendas, levavam consigo qualquer resto de metal deixado pelos moradores no caminho por onde passavam. Os metais (latas, carcaças de carros, feixes velhos de molas, pregos) transformavam-se em lâminas de facões rústicos nas mãos dos Canoeiros. Faziam lanças ou xuchos, como chamavam as varas, na ponta das quais se encaixavam as lâminas de faca, facão ou foice, feitas por eles. As pontas das lanças feriam a presa, quase sempre, de forma fatal. Nada era desperdiçado. Com o couro do gado, faziam mantas para cobrir as pedras ou o chão onde dormíamos e outros artigos de necessidade do grupo.

Aos poucos, fui aprendendo o nome de minha nova família que, embora contra minha vontade, queriam que eu fizesse parte dela. Desenvolvemos sinais próprios para nos entendermos, e, conhecendo um pouco melhor a vida daquela gente, concluí que eram pessoas sofridas também.

Os Canoeiros já foram um povo forte e de combate. Viviam em aldeias. Como meio de subsistência, praticavam a agricultura combinada com a caça. Faziam também cerâmicas. Desde a época da colonização, esses índios foram vítimas do homem branco; inicialmente dos colonizadores, que queriam escravizá-los, e, mais tarde, dos grileiros que queriam tomar suas terras. Eles sobreviveram a um grande massacre no qual morreram muitos Canoeiros. Dessa forma, viram-se obrigados a abandonar seus costumes, tradições e sua terra. Desde então, viviam como nômades, sobrevivendo da rapinagem. Fugiam dos donos das fazendas que mandavam seus capatazes para matá-los no intuito de acabar com o incômodo e transtorno que eles causavam: o roubo de gado e plantação. Por isso, escondiam-se nas ocas ou cavernas, em grupo de no máximo dez pessoas para facilitar a fuga.

Acredito que existiam outros grupos parecidos com o nosso, vivendo da mesma maneira. Aprenderam que o silêncio era a melhor forma de proteção. Como fantasmas da noite, buscavam seu sustento. A mulher de Putdkan havia morrido há algum tempo. Era importante que Putdkan continuasse tendo filhos. Disso dependia a perpetuação de seu povo. Como sua nova cultura era roubar alimento para sobreviver, talvez achasse natural roubar uma mulher para procriar e para ajudá-lo a cuidar da família.

Não havia uma noite em que eu não desejasse fugir. Empenhava-me em aprender a caçar, a defender-me na mata, a preparar meu próprio alimento, a conhecer as ervas e os chás que poderiam me curar de alguma enfermidade. Ficava imaginando como faria para me libertar daquela prisão. Além de todas as dificuldades que eu teria de enfrentar sozinha na mata, existia um agravante que não me deixava agir: não tinha a menor ideia para onde ir, para que lado ficava a região dos Kalunga. Então, o medo falava mais alto. Eu esperava poder conhecer melhor onde estava pisando. Saber, pelo menos, que rumo ou direção tomar para, só depois, arriscar-me nessa louca aventura de fuga.

Tuiawi era o filho mais velho de Putdkan, muito ágil e destemido. Notava-se que ele era o preferido aos olhos do pai e que, juntos, lideravam o grupo e conseguiam as melhores caças. Uma das primeiras coisas que me chamou a atenção foi uma grande cicatriz no braço esquerdo de Putdkan. Mais tarde soube que aquela marca fora deixada em seu corpo por tiros de um fazendeiro, quando o grupo lhe roubava o gado.

Naquela noite, fazia frio. Uma chuva fina caía sem parar. Estávamos sem alimento; então, mesmo com a chuva, saímos para conseguir alguma coisa para comermos. Acho que o grupo estava um pouco descuidado, acreditando que, com a chuva, nenhum fazendeiro estaria à nossa espreita. Aproximamo-nos da sede da fazenda. Ali perto, havia um curral com porcos gordos e bem cuidados. Tuiawi lançou uma flecha sobre o animal que ficou emitindo um rugido desesperado, agonizando. Foi um alvoroço no curral: os porcos correndo de um lado para o outro, desesperados.

Putdkan achou melhor que nos retirássemos. Acendeu-se uma luz na casa-grande. Tuiawi pegara o porco e o colocou nos ombros. Fugimos sem fazer barulho. Achamos que o perigo havia passado. Já estávamos distantes dos arredores da fazenda. Putdkan olhou para o filho e sorriu satisfeito. Nesse momento, um barulho alto cortou o silêncio da noite e nos deitamos no chão para nos proteger. Tuiawi fora atingido com um tiro. Gemeu e caiu com o porco sobre seu corpo. Putdkan pegou a lamparina roubada, levando-a para perto do filho. Limpou de sua face a lama do chão molhado. Virou-o de frente e viu que de seu peito escorria muito sangue. O corpo de Tuiawi estava mole, sem expressão de vida. Putdkan ficou transtornado. Pela primeira vez, o vi chorar como uma criança desamparada. Olhava para o céu escuro, estendia as mãos para cima e dizia: *Juvaká... Juvaká...* clamando por Deus com um lamento ressentido.

Depois da morte do filho, Putdkan tornou-se um homem abatido, sem alegria de viver. Por algum tempo, deixou de me procurar à noite. Andava sempre com um semblante sombrio. Esse abatimento recaiu sobre todo o grupo, que ficou acuado, com medo de sair à noite para buscar alimento. Passaram a só comer ratos e morcegos dos arredores. Eu estava ficando fraca. Só a ideia de comer aqueles bichos fazia com que meu estômago se contraísse em espasmos violentos. Alguém ali precisava reagir.

Fui ao encontro de Tuiakan, o outro filho adolescente de Putdkan. Ele estava deitado numa pedra. Chamei-o para descer a serra e pescar. Ele negou. Somente Natchaly, a mais velha do grupo, prontificou-se a ir comigo. Putdkan nada disse. Continuou seu trabalho. Estava envolvido no serviço, colocando lâminas metálicas nas lanças e fazendo bastões de madeira, amarrando-os com cordas nas bordas para nos defendermos dos inimigos.

Desci a serra devagar. Eu estava muito fraca. Os Kalunga acreditamos nos santos que nos protegem. Nos momentos difíceis, apegava-me a São Sebastião e a Nossa Senhora da Conceição, santos que cultuávamos em família. Acredito que eles me davam forças. Seus espíritos desceram dos céus, e me carregaram até a margem do rio. Só assim consegui explicar como encontrei forças para descer a serra.

Natchaly era uma pescadora habilidosa. Enquanto ela pescava, eu fiquei na mata, em silêncio, tentando caçar algum animal silvestre. Penso que, mais uma vez, fui ajudada pelos santos. Olhando a mata com cuidado, vi, não muito distante de mim, comendo frutos de uma árvore baixa, uma anta gorda. Ali, usei os ensinamentos de Putdkan e abati a presa com uma lança que tinha em sua extremidade um afiado metal. Foi minha primeira caça, conseguida unicamente com o meu esforço, e o melhor de tudo é que não havia sido roubada de nenhuma fazenda vizinha. Vibrei de alegria, e, acreditem, fazia muito tempo que não me sentia assim. Corri ao encontro de Natchaly que, até então, havia conseguido pescar apenas dois peixes. Eu fiquei vigiando o animal morto, enquanto Natchaly subiu a serra para chamar o grupo. A anta era pesada para duas mulheres.

Quando chegaram, notei que o grupo tomara novo ânimo. Até Putdkan parara o serviço e fora ajudar o grupo a tirar o couro da anta. Eu estava exausta. Sentei-me no chão e fiquei observando o que eles faziam. Colocaram o animal com a barriga para cima e fizeram os primeiros cortes em volta das patas dianteiras e traseiras, com a abertura de um corte vertical na barriga da anta. O que me impressionou foi o fato de eles não se importarem com os carrapatos que infestavam o animal morto. Acreditem! Os Canoeiros comiam os carrapatos que subiam em seus próprios corpos. Eu já não me assustava com mais nada!

Os índios estavam alegres com a fartura de carne. Riam e brincavam enquanto retiravam o couro do animal. Tudo ali era precioso. Nada poderia ser desperdiçado, nem mesmo os carrapatos. Parecia que, naquele momento, já não se lembravam da morte de Tuiawi.

Depois de retirarem a espinha dorsal do animal, cortaram a carne, fazendo mantas e as colocaram sobre um estrado de forquilhas de varas fincadas no chão. Após o salgamento, Putdkan armara um varal alto, onde a carne foi dependurada para secar, no próprio local do abatimento. Levamos para a oca apenas o necessário para o próximo dia. Enquanto eu subia a serra, voltei o olhar para a carne. Ela estava bem escondida e o varal era bastante alto. Porém tive medo que alguém a encontrasse e nós passássemos por privações. Isso não aconteceu. Tivemos bom alimento por alguns dias.

Eu estava achando estranho o que se passava comigo. Um sono constante, um enjoo, meus seios maiores do que o normal e minha regra sem vir há mais de dois meses. Embora não aparecesse nem um pouco de barriga, sabia, no meu íntimo, que estava grávida. Fiquei apavorada com a possibilidade de que um novo ser estivesse crescendo dentro de mim. A primeira vontade que tive foi de livrar-me da criança, daquele indiozinho.

Quando Natchaly era jovem, várias vezes interrompera a gravidez devido à necessidade que o grupo tinha de fugir. Pelo pouco que eu consegui entender do que ela me contara, eu sabia que, para abortar, Natchaly estrangulava o feto com um movimento rápido e violento dos dedos polegar e indicador. Naquele dia fiquei o tempo todo imaginando como ela conseguira fazer aquilo. No final da tarde, resolvi fazer uma tentativa:

fiquei escondida entre alguns arbustos para que ninguém me visse, sentei de cócoras e enfiei os dedos na minha vagina para ver se conseguia alguma coisa. Logo me arrependi do que eu estava fazendo. Acho que o instinto materno falou mais alto. Senti necessidade de proteger meu filho de mim mesma. Levantei um pouco desanimada. Não teria coragem de fazer aquilo, e mesmo que tentasse, acho que não conseguiria. Não sabia usar aquela técnica complicada. Até hoje, quando me lembro desse acontecimento, fico com vergonha de ter pensado na hipótese de tirar meus filhos, privando-os da vida.

A vontade de fugir aumentava a cada dia. Grávida, estaria cada vez mais presa aos índios. Não era aquela vida que eu queria para mim e para a minha criança. Não sei ao certo se estava feliz ou triste com aquela gravidez, mas sabia que tinha que fazer alguma coisa para protegê-la até mesmo do próprio pai, que iria criá-lo como um insensível. Eu preferia que aquela criança fosse um Kalunga, que seguisse os costumes da minha gente, tão diferente daquela vida nômade e perigosa dos índios.

Putdkan resolveu que seria melhor procurarmos outro abrigo. Os capangas dos fazendeiros não nos deixariam mais em paz. Nós nos tornaríamos presa fácil em suas mãos. De madrugada, antes de o sol raiar, descemos a serra. Pegamos a canoa que estava escondida entre os arbustos e entramos no rio Paranã. Navegamos por muito tempo, deslizando sobre as águas. Quando percebi, reconheci claramente a região dos Kalunga. Eu me aproximava da minha casa, da minha gente. Ao longe, eu podia ver os abrigos onde as famílias moravam: as arribanas cobertas com palhas de buriti ou babaçu, escondidas entre os vãos das Serras. Porém, estávamos no rio. Eu não sabia o que fazer para fazê-los parar um pouco. Putdkan remava rápido e, aos poucos, fomos nos distanciando. Comecei a ficar angustiada, olhando as choças se perderem entre a mata. E eu, cada vez mais longe de casa.

O rio Paranã, em épocas de cheia, às vezes, sai do leito e invade as roças, as hortas e os quintais dos Kalunga. Quando chove muito, ele causa grandes transtornos, a ponto de ficarmos sem roça e sem alimentos. Estávamos no período chuvoso e o leito do rio começava a transbordar. Para minha alegria, Putdkan abeirou-se da margem do rio, segurando em alguns cepos de árvores e parou a canoa.

Pela posição do sol e pelo ronco em meu estômago, sabia que já era hora do almoço. O pensamento de Putdkan era esgueirar-se na mata e roubar alguns vegetais das hortas dos colonos. Estávamos perto delas. Era minha chance. Precisava agir. Eu só não queria que soubessem que eu pretendia fugir. Tinha receio que me perseguissem e eu não teria paz. Queria dar um jeito de eles acreditarem que eu havia morrido afogada no rio. Embora soubesse nadar, nunca deixei que percebessem minha habilidade na água. Isso era o meu trunfo para ser usado na hora certa.

Pedi uma lança para Putdkan com o pretexto de tentar pescar alguma coisa. Fui seguindo para a parte mais funda, onde a correnteza era mais forte. Natchaly chamava-me com a mão, pedindo para eu voltar. Mas continuei. Confesso que simulei meu próprio afogamento, descendo e emergindo na água por duas vezes, gritando por socorro. Putdkan também sabia nadar e foi ao meu encontro.

A água estava escura, soltei a lança, deixando-a boiar e mergulhei fundo. Segui submersa o tempo máximo que pude aguentar. Quando subi, fiquei apenas o tempo suficiente para respirar um pouco e ver para que lado eu seguiria. Voltei a mergulhar. Continuei a fazer isto até me sentir segura de que não estava sendo seguida. Consegui fugir dos Canoeiros. Acredito que eles pensaram que eu me afogara e foram embora.

Pela posição do sol, já passava das três horas da tarde. Exausta, mas contente, deitei na mata. Sorria, com uma grande sensação de liberdade. Tinha certeza de que mãe Iara me ajudaria e criaria o neto como se fosse seu próprio filho.

Finalmente cheguei à região Kalunga. Eu estava perdida, sem saber ao certo que direção tomar. Preferi seguir a direção das choças que eu havia visto a distância, quando estava no barco com os Canoeiros. As moradias eram distantes umas das outras. Comecei a subir a serra e os caminhos eram cada vez mais difíceis. Andei por estradas à cavaleira, tão conhecida pelos kalunga, formadas por caminhos estreitos e trilhas íngremes e tortuosas que só é possível percorrê-las a pé ou em montaria. Às vezes eu precisava me arrastar por entre as pedras. Os espaços eram tão pequenos que mal cabiam meus pés. Muitos espinhos e insetos feriam minha pele que chegou a sangrar em alguns pontos. Até no rosto tive arranhões causados pelos espinhos da vegetação.

Já era noite quando cheguei perto de uma choupana. Minha fisionomia parecia uma assombração. Meu cabelo crespo estava volumoso, descuidado e sujo, enquanto o meu corpo se encontrava marcado por arranhões e picadas de insetos. Eu só usava na cintura uma canga de couro de gado, feita por Natchaly. Meus seios estavam à mostra. Nós kalunga vemos isso com naturalidade, principalmente em se tratando de uma adolescente como eu que, embora já mulher, ainda tinha o corpo em formação.

Estava fraca, com fome. Um homem de idade avançada, negro e de rosto com semblante rude recebeu-me. Olhou-me de cima a baixo e, num instante, sua fisionomia se transformou num olhar terno e de compaixão. Convidou-me para entrar. A noite estava fria. Cobriu-me com uma manta, ofereceu-me comida e cuidou de meus machucados. Contei-lhe tudo o que me acontecera. O choro, até então preso, saía agora aos borbotões, lavando minha alma. Tive uma empatia tão grande com aquele velho que era como se eu estivesse ao lado do meu querido Nhô Tobias, pela força que ele me transmitia, acalmando meu coração.

Seu nome era José. Perguntei-lhe onde eu estava e fiquei sabendo que estava no Vão da Contenda, num agrupamento de Kalunga chamado Riachão. Quando eu perguntei, ansiosa, se estava perto da região do Vão do Moleque, onde eu morava, ele disse que o Vão da Contenda ficava na margem direita do rio Paranã e que o Vão do Moleque estava na margem esquerda. Para chegar até lá, eu teria que atravessar o rio. Chorei desanimada. Um pensamento me atormentava: e se eu encontrasse os Canoeiros quando estivesse atravessando o rio?

3

A região dos Kalunga é formada por vários núcleos principais: Contenda, Kalunga, Vão das Almas, Vão do Moleque e Ribeirão dos Bois. Estes núcleos, por sua vez, se subdividem em outros agrupamentos, escondidos entre os vãos das serras. Eu tinha finalmente conseguido chegar até a região dos Kalunga, no Vão da Contenda, mas, para chegar até minha casa, tinha um longo caminho a percorrer ainda. E, para falar a verdade, eu não sabia que direção tomar. Na nossa cultura, a mulher kalunga não sai da comunidade em que vive, a não ser em ocasiões especiais. Além disso, mãe Iara, como já disse, não permitia que eu me afastasse da nossa comunidade, nem mesmo nessas ocasiões especiais. Assim, pouco, ou quase nada, eu conhecia sobre os meus vizinhos, que, também Kalunga, faziam parte de outros núcleos.

Eu fazia parte da comunidade do Vão do Moleque, mais precisamente do agrupamento conhecido como Maiadinha. Por isso, naquela ocasião, pedi a seu José, meu novo amigo, que me ajudasse a chegar até a minha casa.

Seu José morava sozinho. Era viúvo, pai de oito filhos já criados; a diversão dele era o aconchego dos netos e bisnetos e o trabalho na roça. Conversamos muito e ele achou conveniente que eu aguardasse, escondida em sua casa, até que tivéssemos a certeza de que os Canoeiros não me procuravam. Prometeu-me que, depois de alguns dias, me levaria ao encontro de meus pais. Sorri conformada, sentindo-me segura e, finalmente acordando de um pesadelo, resgatando a paz em meu coração.

Seu José sempre almoçava na casa de sua filha mais velha, Mariana. Naqueles dias em que eu estava hospedada com ele, prontifiquei-me a preparar a sua comida, em agradecimento à hospitalidade recebida e também para preencher meu dia com alguma ocupação. Terminei de fazer o almoço e me deitei na rede. Não saía de dentro de casa para nada, com medo de ser encontrada. Adormeci e, quando acordei, a tarde estava quase chegando ao fim. Procurei seu José pela casa e não o encontrei. A comida estava do mesmo jeito e o prato, na mesa, continuava limpo. Achei estranha a demora, porém pensei que ele tivesse ido visitar um de seus filhos. A noite chegou e meu amigo ainda não voltara. Naquele momento, esqueci-me do medo que eu tinha de ser encontrada pelos Canoeiros e saí à sua procura.

Fui à casa de sua filha Mariana, mas não o encontrei. Ela ficou preocupada e saímos, juntamente com seu marido e filhos para a casa de Norberto, seu outro filho. Também não o encontramos. Fomos para a casa de Julieta, uma outra filha; assim continuamos até chegar à casa de seu oitavo e último filho. E seu José também não estava lá.

A família estava toda reunida. Em cada casa que passávamos, arrebanhávamos mais gente; filhos, noras, genros, netos e bisnetos espremiam-se na casa de Tomás, filho mais novo de seu José. Os homens pegaram suas lamparinas e saíram para procurá-lo nos arredores, enquanto as mulheres e crianças ficavam em casa, todas preocupadas, aguardando notícias. A lua mudava de posição e, às vezes, escondia-se atrás das nuvens, escurecendo ainda mais a noite. Quando o sol começou a anunciar uma nova manhã, os homens que procuravam seu José chegaram à casa. Meu amigo entrou carregado, com o rosto ferido e a roupa rasgada; estava semi-inconsciente e falava coisas desconexas. Suas filhas encheram-no de cuidados, enquanto, eu, atarefada, preparava a tapioca para fazer beiju para toda aquela gente.

Naquele período em que fiquei na casa de seu José, vivi e sofri com ele e seus filhos um problema que até então eu desconhecia: um grande fazendeiro queria tomar as terras do meu amigo. Somente mais tarde, com a família toda ao seu redor, seu José contou os horrores por que passara nas mãos dos capangas do fazendeiro, sendo jurado de morte, caso ele e sua família não desocupassem suas terras.

Em meados da década de 1960, não éramos reconhecidos pelo estado do Goiás, estávamos jogados à nossa própria sorte, sem ninguém para nos defender. Vi no rosto daquela gente o medo misturado à revolta e me senti como eles. Na verdade, éramos todos iguais, todos Kalunga. Em qualquer núcleo ou município em que vivêssemos, convivíamos constantemente com o medo do homem branco e das atrocidades que nos impunham desde os tempos da escravidão. Lembrei-me de mãe Iara que tinha nos olhos o mesmo medo daquelas pessoas sofridas que estavam ali, naquele momento, correndo o risco de perder o que tinham de mais importante e sagrado: seu chão, sua terra, sua roça, sua vida.

Seu José mudou-se para a casa de sua filha Mariana. Fui, então, hospedar-me lá. Mas as ameaças não pararam. Meu amigo tinha poucas cabeças de gado, das quais tirava leite para o sustento dos netos. Certa manhã, sua vaca preferida, a mais leiteira de todas, foi encontrada no mato, decepada. E a cada dia era uma surpresa diferente, uma ameaça oculta assustando e tirando o sossego de todos. Vivíamos constantemente sobressaltados. Nas casas do povo kalunga é comum serem feitos alguns pequenos orifícios triangulares nas paredes para sabermos quem se aproxima. Estávamos tão amedrontados que não nos dispúnhamos a atender qualquer pessoa que chegasse, sem antes olharmos pelos pequenos buracos das paredes. Enquanto as pressões estavam recaindo sobre os animais ou sobre a roça, seu José e sua família resistiram com coragem. Mas, insatisfeitos, os capangas do fazendeiro atingiram o ponto mais fraco, mais vulnerável do meu amigo. Pegaram sua mais nova bisneta, uma menininha que completara um ano há pouco tempo, e lhe queimaram os braços e pernas com brasa ardente, abandonando-a nos arredores da casa da avó, dona Julieta. A criança quase morreu com as graves queimaduras, sequelas que ela levaria por toda a sua vida.

Assustados e com medo do que pudesse vir a acontecer dali por diante, meu amigo e sua família pegaram seus poucos pertences e abandonaram suas terras, indo morar num município vizinho, distribuídos nas casas de amigos. A impressão que eu tinha era de que haviam enfiado um punhal no peito de seu José e matado sua alma. Era como se estivesse morto. Seu olhar havia perdido o brilho e seu semblante austero fora substituído por uma apatia, por um sentimento de derrota; a cabeça estava sempre baixa, os pés sendo arrastados, como se tivessem dificuldade de sustentar o peso do corpo. Aquilo me angustiava. Vê-lo sem sua terra, sem sua roça doía forte em mim, que não sabia como ajudar. Por outro lado, eu tinha consciência de que precisava ir embora, que minha família talvez estivesse ainda um sopro de esperança de me encontrar novamente, mas faltava-me coragem de abandonar meu amigo. Lembrei-me dos Canoeiros que perderam totalmente sua identidade por ações dos homens brancos que tomaram suas terras. E agora, vendo o que estava acontecendo a seu José e sua família, que também perderam o que tinham de mais sagrado, não conseguia entender na minha simplicidade qual o motivo que levava aquelas pessoas a agirem daquela maneira, querendo tomar posse do que não lhes pertencia.

Naquela época eu não tinha noção da transformação que estava acontecendo no norte do Goiás, da valorização monetária da terra, principalmente depois do traçado da construção Belém-Brasília, que trazia o progresso para a região norte do estado. Com isso, pessoas inescrupulosas que só tinham à frente de seus olhos a cobiça e a ganância falsificavam documentos e tentavam provar, de todas as formas, que a terra era sua por direito e os verdadeiros donos da terra, os colonos que há anos viviam naquelas paragens, eram engolidos pelos mais poderosos, sem saber como se defender.

Fui ao encontro de seu José na oficina da casa em que estava hospedado. De cabeça baixa, ele fazia um isqueiro com o chifre de boi. Olhou-me demoradamente e disse, com a voz rouca, que havia chegado a hora de me levar para casa. Não poderia mais ficar comigo, uma vez que ele mesmo estava vivendo de favor na casa de amigos.

Ele pegou o isqueiro que acabara de fazer, e me presenteou. Segurou minhas mãos entre as suas e me disse que aquele pequeno presente, além de servir para fazer o fogo, ajudaria a espantar as assombrações e que, em qualquer momento de minha vida, quando eu estivesse com medo, só precisava acendê-lo e cheirar a fumaça que a assombração iria logo embora, parando de me atormentar.

Uma lágrima rolou em sua face e eu o abracei com força. Nós Kalunga temos muito medo de espíritos e assombrações, mas hoje vejo que as piores assombrações de nossa vida não são os espíritos, pois nenhum mal nos fazem, mas, sim, todas pessoas, vivas, aliás bem vivas, que se aproximam de nossa comunidade com a intenção de acabar com a secular história de um povo, arrancando de nossas mãos a terra de onde colhemos o fruto de nosso árduo trabalho. Fiquei algum tempo abraçada a ele, já que nada mais poderia fazer para tirá-lo daquele estado de desânimo e abatimento em que se encontrava.

De madrugada, bem antes de o sol nascer, seguimos pela mata. Com o isqueiro na mão, eu caminhava na companhia de meu grande amigo que sabia bem o caminho até minha casa. Atravessamos o rio Paranã, navegando em uma pequena canoa. Em nenhum momento, avistei os índios que eu temia reencontrar. Tanto tempo se passou e, até hoje, ainda guardo o isqueiro ou "artifício", como era conhecido, em minha gaveta da cômoda, próxima à minha cama e o tenho sempre perto, para me dar coragem de continuar a luta, mesmo quando tudo parece perdido. Esta lição eu aprendi com o seu José, que nunca desistiu daquilo em que acreditava, mesmo nas horas de maior desânimo.

Quando, ao longe, avistei minha casa, saí correndo, querendo diminuir a distância que me separava dela. Tudo estava igual. No quintal, as plantas que meu pai cultivava continuavam estendendo suas sombras no chão, deixando a temperatura amena. As bananeiras, o abacateiro, as laranjeiras, o pé de jaca com seus enormes frutos, o pé de lima (meu preferido), tudo estava ali a me dar boas-vindas. Rodopiei, emocionada, entre as árvores e depois entrei ofegante na cozinha. No fogão à lenha, o arroz fumegava na panela, e a água, na botija, descansava na mesa de madeira onde antigamente meu querido Nhô Tobias contava suas antigas histórias do Quilombo dos Palmares. Meus olhos encheram-se de lágrimas; eu estava de volta ao meu mundo e, agora, o que eu mais queria era rever meus pais.

Mãe Iara entrou na cozinha. Tinha os olhos baixos. Rmexia os limões que trazia na cesta. Quando displicentemente levantou os olhos, viu-me parada quase ao seu lado. O susto foi tão grande que os limões, juntamente com a cesta, caíram no chão. Levou as mãos ao encontro dos lábios e, passado o choque inicial, correu ao meu encontro. Nosso choro e soluços altos impediam que diséssemos qualquer coisa. O toque de nossas mãos, o abraço apertado, o palpitar dos corações se encontrando, nossa respiração ofegante diziam mais do que qualquer palavra. Ela me apertava forte contra o seu peito, com medo que eu fosse apenas uma visagem que iria embora quando a emoção passasse. Afastei-a com cuidado e acariciei-lhe os cabelos. Seu semblante era de uma mulher sofrida que havia envelhecido depois de minha partida.

Seu José ficara encostado na porta da cozinha, aguardando que percebêssemos sua presença. Limpei os olhos, sorri e o apresentei à mãe Iara que o cumprimentou agradecida e se apressou logo a fazer uma limonada para espantar o calor.

Mãe Iara convidou seu José para pernoitar conosco. Já estava anoitecendo. Ele concordou, até porque tínhamos feito uma longa caminhada e estávamos cansados. Meu pai fora a uma região vizinha e ainda não havia chegado. Ficamos na cozinha conversando. Mãe Iara pegou um pedaço de carne seca que estava guardando para uma ocasião especial e começou a preparar o jantar. Contei-lhe tudo o que me acontecera, enquanto ela socava a carne seca no pilão para fazer paçoca.

À medida que eu ia contando minha história, mãe Iara socava a carne no pilão, cada vez mais forte, descarregando toda sua revolva. Ao comermos a mistura de farinha com a carne seca socada, percebemos que ela estava tão triturada que chegava a derreter na boca. Só uma coisa fez retornar o brilho naqueles olhos sofridos: mãe Iara começou a se imaginar embalando em seus braços o meu filho, uma criança que encheria de alegria a nossa casa.

Já era noite quando meu pai chegou, acompanhado por um homem que eu não conhecia. Colocou no chão os mantimentos que trouxera. Acho que ele reconheceu meu vulto. Pegou a lamparina da mesa e seguiu em minha direção. Veio ao meu encontro, sem acreditar que pudesse ser realmente eu. Apressei-me em pedir sua bênção e ele me puxou para si, abraçando-me.

Meu pai chamava-se Rufino, homem trabalhador e de bom coração, e muito sério. Eu me culpava por não ter nascido homem. Sei que meu pai precisava de um pulso forte para ajudá-lo na lida da roça, na oficina, preparando a mandioca para fazer farinha. Embora eu soubesse que ele me amava, sempre o senti distante. Muitas vezes, o que eu mais queria era o aconchego de seu abraço.

Quando ele me puxou ao seu encontro, confesso que não sabia exatamente o que fazer. Meus braços permaneciam duros e tímidos. Aquele era o primeiro abraço que eu recebia de meu pai em toda a minha vida. Foi uma demonstração de carinho verdadeira e intensa. Eu percebi que a alegria que ele sentia em me ver era tanta que nos esquecemos de todo aquele tratamento quase formal com o qual nos comunicávamos. Descobrimos que precisávamos tanto um do outro, que amávamos tanto um ao outro, e o nosso relacionamento mudou para melhor.

Meu pai me apresentou ao homem que chegara com ele: o Benedito. Ele apertou minha mão, dizendo que poderia chamá-lo de Bené. Meu pai olhou-o atravessado, achando desnecessária aquela intimidade comigo, e, sério, o chamou para sentar-se à mesa. Mãe Iara apresentou-o a meu amigo, seu José, a qual contou como ele me trouxera, comentando, inclusive, o que havia acontecido a ele e à sua família.

Bené ficou indignado e incentivou seu José a lutar contra a arrogância daquele fazendeiro. Foi neste momento que Bené falou quem era. Ele também fazia parte de uma família Kalunga, porém deixara nossa região para ir trabalhar numa fazenda, como vaqueiro. Com o tempo resolvera deixar o emprego e voltar a morar na nossa terra. Ele havia estudado um pouco, o suficiente apenas para assinar seu próprio nome e para ler algumas pequenas palavras. Acreditava que o negro deveria lutar por seus direitos. Bené pegou a causa de seu José como se fosse sua, mostrando-se disposto a ajudá-lo no que fosse preciso.

Comecei a olhar mais atentamente para o Bené e o que eu vi foi um negro ativo e corajoso. Admirei aquele homem e sua virilidade. Ele me dispensava uma atenção exagerada, o que estava incomodando meu pai.

A autoridade mais alta no núcleo familiar de nossa comunidade é o pai. A mulher e os filhos costumam obedecer à sua última palavra. Meu pai não precisava dizer nada, mas eu sabia o que ele tinha em mente. Olhou-me sério e apontou com a cabeça a direção do quarto. Abaixei os olhos, pedi licença e me retirei.

Da entrada para o meu quarto, voltei a cabeça e Bené me olhava fixamente. Eu queria continuar na sala, conversar, saber se havia alguma coisa a ser feita para ajudar meu amigo, mas permaneci no meu quarto. Deitei na rede. Para mim, o Bené era como se fosse o Zumbi, no tempo do Quilombo dos Palmares. Eu desejei ser sua Maria, como naquelas histórias que Nhô Tobias contava.

Desejei seguir com ele para qualquer lugar, em defesa dos direitos dos negros. Isso era apenas uma fantasia de adolescente. No fundo, eu sabia que não teria coragem de deixar minha terra para viver em qualquer outro lugar.

No outro dia acordei cedo. Senti-me enjoada. Sentei no batente da porta da cozinha, ainda pensando nos acontecimentos da noite anterior. Levei um susto quando vi mãe Iara puxando-me pelo braço, pedindo, transtornada, que eu me levantasse. Obedeci sem entender o porquê daquela imposição urgente. Perguntou-me como eu poderia estar sentada na soleira da porta, uma vez que eu estava grávida. Só então me lembrei que mulher grávida não pode se sentar na soleira da porta. Na cultura Kalunga, isso faz mal para o bebê. Fiquei preocupada. Passei a mão na barriga, tentando proteger minha criança. Repousei num banco de couro de gado que estava encostado na parede da cozinha, tentando acalmar-me do susto.

Pouco tempo se passou e a casa começou a encher-se de tios, primos e primas; até uns que moravam distante. Deixaram o trabalho na roça para dar-me boas-vindas. Cada tio que chegava, em sinal de respeito, eu lhe pedia a bênção, flexionando a cabeça e o joelho, estendendo a mão direita, em forma de concha, ao encontro da mão do tio.

— Bença, Lió.

— Deus zá bençoe — respondiam, levando sua mão ao encontro da minha.

Depois vinham os abraços calorosos do reencontro.

Passei o dia na cozinha, com as outras mulheres, ajudando a preparar a comida. Fazia tempo que eu não comia galinha, feita com o molho do próprio sangue do pequeno animal e o angu de milho borbulhava na panela de barro, feita na oficina, pelos braços de mãe Iara.

Eu estava um pouco resfriada, e mesmo assim meu apetite não ia embora. Não sei se devido à gravidez, mas o fato é que eu sentia muita fome. Comecei a servir-me da galinha, com a boca cheia d'água, de tanta fome que eu estava sentindo. Mãe Iara veio ao meu encontro, tirando a travessa de barro de minhas mãos. Quando estamos gripados, não podemos comer frango, nem que seja a única comida existente no momento. O jeito foi contentar-me com o arroz. Só não podia rapar o arroz grudado no fundo da panela, parte que eu mais gostava. Segundo as tradições, meu bebê poderia "pregar" em minha barriga e dificultar na hora do parto. Resignada, comi só o angu de milho.

Estava feliz por estar em casa de novo. Mãe Iara não se descuidava de mim. Os mimos eram exagerados, principalmente agora que eu trazia no ventre um neto dela. Saí da cozinha, porque só o cheiro da galinha me enchia de vontade.

Quando cheguei no quintal, Bené estava lá, sentado no banco de madeira, conversando com meu amigo José. Fiquei envergonhada sem saber se voltava para a cozinha ou se ia prosear com eles. Acanhada, abaixei a cabeça e disfarcei, indo até o pé de lima pegar alguma fruta.

Bené foi ao meu encontro, e me olhou nos olhos. Parou ao meu lado e disse: *B de Bené, B de Berta...* Eu não era alfabetizada. Não sabia ler nem escrever, mas entendi sua linguagem e a semelhança do som das iniciais dos nossos nomes. Gostei de ouvir aquilo. Fiquei constrangida, sem saber o que dizer e ele se apressou a colher algumas limas que não estavam ao alcance de minhas mãos.

A festa se estendeu até a noite alta. Do batuque do tambor de madeira com couro de veado saía um som cheio de ritmo e improviso enquanto a pinga corria nas mãos dos primos mais velhos e tios.

Alguma coisa havia mudado dentro de mim. Não andava mais nua pela casa, nem nos arredores, como era o nosso costume. Esperava que todos tomassem banho para, só depois, ir para o córrego. Comecei a sentir vergonha do meu corpo. Estava mais retraída e tímida. Pela forma com que Putdkan me apresentara o sexo, fiquei com medo de ser tomada por algum homem daquela mesma maneira. Infelizmente, a maldade entrara no meu coração. Eu sentia uma grande necessidade de me proteger.

Incentivado por Bené, seu José me disse que voltaria para suas terras. Resistiria e não entregaria o que era seu, sua herança de gerações anteriores. Admirei sua coragem. Uma pontada de medo arranhou meu coração. Preferi não dizer nada para não desencorajá-lo. Ele parecia haver descoberto a alegria de viver.

Era uma segunda-feira, dia em que os Kalunga temos o costume de não fazer nenhuma viagem a negócio; nem nas segundas-feiras, nem nas sextas-feiras. Se isso acontecer, tudo dá errado. Mas aquela viagem não era a negócios, seu José estava voltando para suas terras, querendo resgatar o que era seu por direito. Meu pai os acompanhou até o leito do rio, a cavalo. Eu os vi se afastarem. Eram poucos homens: meu amigo José, Bené e outros Kalunga, amigos de Bené, que moravam nos arredores. Desejei que eles não fossem embora naquele dia. Era uma segunda-feira e eu era supersticiosa. Tinha uma forte impressão de que aquilo não daria certo.

4

Acordei de madrugada, assustada com as batidas na porta. Preocupado, meu pai levantou-se com a lamparina na mão e olhou pelo pequeno orifício triangular da parede para tentar ver quem estava do lado de fora. Bené identificou-se e meu pai abriu a porta. Entrou em casa nervoso, esfregando as mãos, dizendo que não tivera culpa, que sua intenção fora só ajudar. Mas que seu José havia sido gravemente ferido em uma emboscada, nas proximidades de suas terras. Disse que precisava de ajuda. Seu José não suportaria descer a serra à procura de atendimento médico. Ele havia sido baleado. Bené não sabia se ele suportaria tanto tempo. Bené também estava ferido, felizmente a bala atingira seu braço só de raspão. Corri à cozinha e peguei um pano limpo de algodão cru, feito por mãe Iara. Envolvi o braço de Bené para estancar o sangue.

Meu pai prontificou-se a ir a com ele. Eu também queria ir, precisava ajudar de alguma maneira. Pedi para acompanhá-los e vi no rosto de meu pai a desaprovação. Porém, desde a minha volta, alguma coisa havia mudado em nosso relacionamento. Estávamos mais próximos e meu pai, mais flexível. Por isso, continuei insistindo, dizendo que eu poderia ajudar as filhas de seu José, que me acolheram quando precisei de socorro. Vencido, meu pai aceitou. Subi na garupa de seu cavalo, sentindo, finalmente, que poderia, mesmo sendo mulher, ser mais amiga e companheira de meu pai.

Depois da emboscada, os capangas do fazendeiro fugiram. Meu amigo foi levado pelo grupo de homens que estava com ele até a sua casa que estava abandonada. Sua família fora avisada, e, quando chegamos, todos os seus filhos, genros e noras estavam ao seu lado. O tiro perfurara as costas de seu José, que respirava com dificuldades, pedindo água a todo o momento. A cama de meu amigo, assim como a maioria das camas de nossa comunidade, era feita de jiraus de varas e, sobre estas, couro de boi. Procurei espaço entre as pessoas que estavam ao redor da cama e o vi pálido, como se sua vida estivesse por um fio. Suas filhas choravam inconsoláveis, enquanto eu, sem saber o que fazer, passava minha mão direita sobre a face de meu amigo, como se isso pudesse, de alguma maneira, acalmá-lo. Seu José adormeceu, entregando-se a um sono do qual jamais acordaria. A tristeza fora grande e os gritos desesperados de suas filhas se juntaram num pranto de sofrimento, lamentando aquela perda irreparável.

Senti ódio dos brancos e de tudo que a raça representava para nossa gente. Eram pessoas que, por onde passavam, em nosso meio, deixavam as marcas de violência e arrogância.

Passei o dia ajudando as filhas de Seu José. Elas não tinham condições nem cabeça para pensar direito no que fariam dali para frente. Os homens se ocuparam de preparar o enterro o qual nem mulheres nem crianças podiam acompanhar o cortejo até o cemitério. Uma vez enterrado, os homens voltariam, em silêncio, todos juntos, para a casa de seu José. Bené não fora ao enterro. Estava febril e sentia fortes dores no braço. Procurei alguma coisa para ele comer e nada encontrei. No quintal, o pé de mamão estava carregado de frutos maduros. Nós não oferecemos mamão a pessoas baleadas. Em nosso entendimento, se um enfermo baleado comer mamão, a lesão inflama, levando a pessoa à morte. Sentei-me no chão, ao lado de Bené, encostando-me também na parede de fora da casa, e ele reclinou a cabeça no meu ombro. Sei que, no fundo, sentia-se culpado pelo que acontecera. Fiquei com a cabeça encostada na dele e nos sentíamos tão próximos um do outro que minha vontade era ficar sempre ao seu lado.

Estávamos sozinhos ali fora. Meu pai ainda não chegara do enterro e Bené começou a falar de si, de sua vida na época em que vivera longe de nossa região. Soube, então, que ele era viúvo. Quando me contou isto, meu corpo todo ficou rijo e me lembrei de Putdkan, que também havia perdido sua mulher, e das coisas que eu havia vivido ao seu lado. Bené não tinha filhos. Não me falou o porquê e eu também não perguntei. Ele disse que sabia da minha história. Seu José lhe contara o que me acontecera, da minha fuga dos Canoeiros e de minha gravidez. Fiquei um pouco constrangida. Sendo ele quase um estranho, já sabia muito a meu respeito.

Uma mistura de medo e vontade de conhecê-lo melhor tomou conta de mim. Bené olhou-me com aqueles olhos de jabuticaba, iguais aos meus, segurou minha mão, e disse que gostava de pessoas como eu que lutavam para conseguir o que queriam e que, se eu quisesse, cuidaria daquela criança como se filho dele fosse. Fiquei assustada, sem saber ao certo o que ele queria dizer com aquilo. Ajudar a criar meu filho? Por acaso estaria ele me pedindo em casamento? Foi o que veio à minha mente. Não respondi. Levantei-me dizendo que as filhas de seu José estavam precisando de mim. Entrei na casa com minha respiração ofegante. As coisas estavam acontecendo rápido demais.

Antes de partir, visitei o cemitério, para dar o último adeus ao meu amigo. Como já disse, sou supersticiosa e nós Kalunga não visitamos o cemitério no dois de novembro – dia de finados. Segundo os mais velhos, se, além do sétimo dia, alguém visitar o túmulo mais uma vez, todo ano terá que fazê-lo. E se acontecer de falhar um ano sem a visita, o defunto virá buscar aquela pessoa que não o visitou. Pensando nisso, sabia que não mais voltaria ao cemitério. Ademais, para mim era suficiente sua lembrança viva. Eu me pelava de medo só de pensar que pudesse acontecer o que a superstição dizia.

A família de seu José abandonou de vez suas terras, vencida pelo medo e pela força dos mais poderosos. Em casa, eu me ocupava ora com afazeres domésticos, ora ajudando meu pai na roça e na oficina, mexendo, no forno, a massa da mandioca com a coipeba – um artesanato feito para esta finalidade. O forno era aquecido com madeiras em brasas, e a farinha, depois de pronta, nós a acondicionávamos em sacos de algodão, tecidos no tear por mãe Iara.

Dediquei-me a confeccionar um novo tapiti, objeto que é utilizado para espremer a massa da mandioca, deixando-a enxuta para transformar-se em farinha. O tapiti que meu pai usava já estava gasto. Eu passava as manhãs na oficina trançando talas de buriti. As tranças deveriam ser frouxas para dar elasticidade ao instrumento, que deveria ser longo e cilíndrico. Uma vez pronto, colocaríamos a massa da mandioca em seu interior, penduraríamos o tapiti em uma árvore e uma pedra pesada ou tronco de árvore, na alça do tapiti, encostando-o ao chão, para que o instrumento ficasse bem estreito. Assim, a água da mandioca poderia escorrer com mais facilidade.

Envolvida nesse trabalho, eu tentava ocupar minha mente, para pensar menos no que acontecera a seu José e à sua família. Sentimentos estranhos mexiam com minha cabeça e meu coração: de um lado o sofrimento de perder meu amigo; do outro, a imagem de Bené vinha sempre à minha mente, deixando-me confusa e, ao mesmo tempo, alegre por estar experimentando um sentimento que eu desconhecia.

Setembro é um mês de celebrações e rituais no Vão do Moleque. Aproximava-se a festa do Império do Moleque que se realiza nos dias 14, 15 e 16. Nesta festa louvamos São Sebastião, Nossa Senhora da Conceição e o Império de São Gonçalo do Amarante. Estávamos na época de fazer a folia, na qual um grupo de aproximadamente quinze homens sai a cavalo, girando as serras, ao som da viola e do pandeiro, tocando, cantando, chamando a comunidade para participar, percorrendo as casas e as comunidades vizinhas e arrecadando doações para a festa. Tudo é válido: comida, bebida, dinheiro. Havendo dinheiro, ele é utilizado para comprar café, pinga e fogos de artifícios na cidade para serem usados nos festejos. Eu os via indo, observando que Bené e meu pai, além dos primos e tios, seguiam juntos numa animação só, cantando a curraleira:

Galinha sem rabo é surra,
Galo sem crista é capão,
Bezerro de vaca preta
Diz que onça não come não...

Peguei na ponta da linha,
Joguei na ponta de lá.
Viola que mexe mexe
No salão do gastador.

Ribeirão de Teresina
Vai fazer barra no mar.
Vou pegar com São Gonçalo
Pra ele mesmo ajudar.

Eu tinha vontade de participar de uma folia. Só que as mulheres só participavam se fosse para pagar promessa. São os homens que conduzem a cantoria da folia, ocasião em que o trago da pinga ajuda a puxar mais versos, enquanto os foliões continuam suas cantigas.

Nosso povo é festeiro. Em cada festa, dependendo da região, um santo é exaltado. Eu estava muito ansiosa, ajudando nos preparativos da arrumação do espaço sagrado. Esta seria a primeira festa que eu participaria.

Para que a festa aconteça – e ela ainda se realiza nos dias de hoje –, todos os participantes se deslocam para um local próprio, onde não mora ninguém. Lá fora construída uma vila, chamada de espaço sagrado, onde o santo é exaltado. A cada ano, religiosamente, os moradores do Vão do Moleque se dirigem à vila, para homenagear São Sebastião, Nossa Senhora da Conceição e o Império de São Gonçalo do Amarante. Não só os habitantes do Vão do Moleque participam desta festa. É também um momento de confraternização e acolhida ao povo de outras comunidades. As pessoas vão chegando de todos os lugares, a pé ou a cavalo, subindo e descendo serras, percorrendo caminhos à cavaleira, trazendo burros que carregam as buracas cheias de mantimentos como panelas, alimentos, redes e vestuário... tudo porque eles permanecem no espaço sagrado durante todo o período da festa.

Dia cinco de setembro iniciamos a novena da Senhora do Livramento. Bené dava sempre um jeito de ficar ao meu lado durante a reza, o que nos aproximava cada vez mais. Ele era discreto. Não deixava que ninguém, além de mim, percebesse seu interesse. E eu, acanhada, abaixava a cabeça para que meu pai Rufino não desconfiasse de nada.

No último dia da novena, à noite, era hora do ritual do levantamento do mastro, momento para o qual havia um preparativo. Os homens derrubavam, na mata, uma árvore de tronco longo, chamada Pindaíba. O tronco era descascado e levado para as proximidades do local do festejo. Depois da novena, para erguer o mastro, era preciso a ajuda de vários homens e a bandeira com a imagem de São Sebastião, presa no topo do mastro, louvava o santo. Esta tradição, seguida de gerações em gerações, ainda hoje é cultuada.

Eu estava tão feliz. A fogueira crepitava e as pessoas, juntas, davam três voltas ao seu redor, segurando as velas de cera de abelha, amarradas em varas. A noite ficava iluminada. Os cantos acompanhados ao som de caixa e pandeiros davam uma alegria e nos arremessava a rituais antigos de origem africana. Os foguetes espocavam, clareando o céu. Era tudo lindo. Naquela noite, eu e Bené trocamos olhares, às vezes demorados, outros furtivos, mas que diziam tantas coisas.

As mulheres batiam as buracas, aos pares, dois de cada vez, e as oito mãos, batendo no couro firme, produziam um som ritmado e alucinante. Acompanhando este som, outras mulheres dançavam a Sussa que é uma dança conhecida e utilizada pelas mulheres para pagar promessa por uma graça recebida. É tocada na subida ou descida do mastro:

Levanta a saia mulata,
não deixe a saia molhar.
A saia custou dinheiro,
Dinheiro custa a ganhar.

Ô menina, o que você tem?
Marimbondo sinhá,
Marimbondo sinhá.
É hoje, é hoje
Que a palha da cana voa.
É hoje, é hoje
Que tem de avoar.

Rainha de ouro,
de ouro só.
Esse rei é de ouro,
De ouro só.

Ô sala de vadiar,
Varanda.
Ô sala de vadiar,
Varanda.

Ó meu filho,
Escuta o que eu vou dizer,
Se pega com Deus,
Meu filho,
Que Deus há de ajudar você.

E lá estava mãe Iara com outras mulheres, dançando em roda, no ritmo de um batuque alucinante. Seus pés mal tocavam o chão. Tinha na cabeça uma garrafa. Os gestos e cantos maliciosos faziam parte do ritual da Sussa. As mulheres coçavam-se umas às outras enquanto dançavam. Passavam as mãos nos que estavam de fora, obrigando-os a entrar na roda, o que aumentava cada vez mais o número de participantes. Mãe Iara dançava em agradecimento aos santos pelo meu retorno ao lar. Estava tão feliz e descontraída que nem parecia aquela mulher que sempre abaixava a cabeça a qualquer ordem do meu pai Rufino, mesmo não concordando; ela obedecia muda e passivamente à vontade dele.

No espaço sagrado, onde a festa se realiza, existem vários ranchos que são choças de madeira cobertas com palha para abrigar mulheres, crianças e casais. Para os moços e solteiros, são armadas redes para que possam descansar. A Sussa continua noite adentro e nem todos dormem. Pai Rufino achou que já era hora de eu ir dormir. Obedeci. Fui andando até chegar ao rancho no qual estávamos alojados. Bené apareceu por detrás de uma árvore dizendo que queria conversar comigo. Olhei para os lados com receio de que meu pai estivesse me vigiando. Estávamos longe da fogueira e somente a luz da lua cheia clareava a noite.

Bené aproximou-se. Tocou o meu rosto, e me beijou os lábios enquanto abraçava com firmeza minha cintura. Uma intensa reação física apoderou-se de mim ao sentir o contato de seu corpo no meu. Não era prazer, até porque eu ainda não sabia o que era isso. Meu corpo ficou rijo, duro como pedra. Sem querer retribuir aos seus carinhos, meu estômago embrulhou, nauseado, e o meu coração disparou. Eu o empurrei, quase sufocada, limpando minha boca com as mãos. Fiquei assustada, sem saber o que estava acontecendo comigo. Eu não tinha noção, naquele tempo, das sequelas emocionais que ficaram marcadas na minha mente, traduzidas em reações físicas de repugnância ao contato com o sexo oposto, causadas por minha primeira e traumática experiência sexual.

Saí correndo em direção ao rancho. Bené me alcançou. Segurou-me pelas mãos, espantado com minha reação. Eu puxei meu braço, até soltar-me e só negava com a cabeça. Continuei a correr e Bené ficou parado, olhando-me de longe, enquanto me afastava.

Deitei-me na rede e chorei. As recordações vinham em minha mente como um filme: Putdkan deitado sobre meu corpo, rasgando-me por dentro, de uma forma agressiva e dolorida. Queria esquecer. Não conseguia. Eu gostava do Bené, mas o que fazer se meu corpo rejeitava o seu contato? Cansada de pensar nisso, adormeci.

No outro dia acordei cedo, mesmo com a noite anterior mal dormida. Nosso vilarejo estava em festa e eu não queria perder um só minuto. As poucas roupas que eu havia escolhido para levar e usar estavam penduradas ou "agasalhadas", como dizíamos, em cordas trançadas de palha de buriti que iam de uma parede à outra do cômodo do rancho. Vesti todas elas. Nada me assentava bem. Minha barriga estava começando a aparecer e eu já engordara um pouco.

Não queria ficar feia. Sentia-me gorda e desajeitada. Deitei-me na rede. Queria evitar aquelas roupas apertadas. Estava quase chorando, quando mãe Iara entrou segurando um vestido novo. Era uma surpresa que ela queria fazer para mim. Pulei da rede e lhe dei um beijo. Ela me segurou pelo braço e pediu para que eu tivesse cuidado, que não olhasse tanto para o Bené. Se meu pai soubesse iria desaprovar. Era sempre assim: eu não conseguia esconder nada de minha mãe. Parece que ela lia meus pensamentos através de meus olhos. Abaixei a cabeça, não disse nada, pois não era preciso, uma vez que ela me conhecia tão bem e sabia o que eu estava pensando. Eu já estava decidida: daria um jeito de afastar o Bené de mim.

Naquele dia daria início ao império de São Gonçalo do Amarante, ritual rico em tradições parecidas com a coroação dos Reis do Congo, eleitos pelos africanos e seus descentes, integrando as irmandades afro-católicas de Nossa Senhora do Rosário. No córrego, um grande movimento. As mulheres dando banho nas crianças, enquanto nos ranchos, um entra e sai com todos se vestindo nas suas melhores roupas.

Pai Rufino tinha um jeito especial de deixar a cerveja fria. Não tínhamos energia elétrica e também não conhecíamos geladeira. Pai Rufino fazia um buraco no chão, colocava a garrafa de cerveja dentro e preenchia o buraco com a areia branca e fina, deixando apenas um pequeno pedaço da garrafa do lado de fora. Passava o dia regando as garrafas de cerveja com água e sal, para mantê-las frias.

A bebida preferida de nossa região sempre foi a pinga. Pai Rufino, porém, gostava de cerveja. Parecia até que fazia um ritual. Observei-o de longe, a regar suas garrafas de cerveja e fui para a casa do imperador ajudar a ornamentar a mesa, enfeitando as garrafas de bebida com arranjos de papel. A mesa, com mais de três metros, estava coberta com uma linda toalha branca. Bené seria um dos mordomos. Tinha no pescoço uma toalha branca, contrastando com a cor de sua pele. Olhou-me sério e eu fiquei envergonhada, sem querer encará-lo, como fizera outras vezes na noite anterior. Quando ele passou perto de mim, sussurrou no meu ouvido, dizendo que precisávamos conversar. Continuei decorando as garrafas, com a cabeça baixa, sem saber o que dizer.

Os cargos que compõem o ritual para a celebração do Império de São Gonçalo do Amarante são sorteados anualmente, ao final da festa. Temos a figura do Imperador e da Rainha que, de tão importantes, se confundem com a própria divindade. Participa, também, um casal de crianças que são os príncipes. A corte é composta pelos familiares da rainha e do imperador. Temos as figuras do alferes de adaga que carregam a espada e a bandeira para saudar o imperador e a rainha. Finalmente, os mordomos que são encarregados de servir convidados e participantes.

Ao meio-dia o Imperador e a rainha foram buscados em casa. Após a saudação dos alferes da adaga e da bandeira, dirigiram-se para a capela que é uma construção de taipa pintada de branco onde acontece o culto a São Gonçalo do Amarante. Depois do culto ao santo, com uma hora de duração, a multidão seguiu o cortejo até a casa do imperador, onde a festa continuava. Os garçons serviam pinga, café ou bolo aos presentes, não antes de servirem a mesa reservada para o Imperador, a Rainha e a corte. Existia fartura devido às doações arrecadadas durante a folia que antecedia a festa. Também era servida uma mistura de arroz, feijão, carne e toucinho salgado, além de guariroba e doces. Os participantes reforçavam os laços nesse convívio anual. Ali, os presentes só tinham esta oportunidade de se encontrar. Depois da festa, todos voltavam às suas casas, alguns usando animais como transporte, outros retornando a pé. A vida continuava com os afazeres do dia a dia.

Durante a festa, eu e Bené não tivemos tempo de conversar. Sendo ele um garçom, ocupara-se o tempo todo de servir os presentes. Nas poucas vezes em que ele tentou aproximar-se de mim, enquanto eu ajudava mãe Iara a arrumar as coisas para irmos embora, eu o evitei com motivos banais, mantendo-me sempre ocupada, para que ele pudesse perceber que eu não tinha tempo ou não queria conversar ali.

Fomos embora. Mais de uma semana se passou sem que eu visse Bené. Apesar de triste, eu estava conformada. Acreditei que ele havia percebido minha falta de interesse, achando melhor afastar-se.

Era final de tarde e o sol preparava-se para esconder-se. Eu estava na oficina terminando de confeccionar o tapiti. Bené chegou de mansinho e perguntou se eu queria ajuda. Neguei. Sem rodeios, ele quis saber o que havia acontecido para eu fugir daquela maneira quando nos encontramos durante a noite na festa de São Gonçalo. Lembro que não foi fácil. As palavras saíram de minha boca com dificuldade. Eu sentia uma grande necessidade de me proteger. Só a ideia de Bené tocar meu corpo me enchia de medo. Sem deixar o trabalho que eu estava fazendo, trançando as talas de buriti, com os olhos baixos, como se não estivesse dando importância ao que havia acontecido entre nós dois, disse que não gostava dele, que era melhor ele me deixar em paz.

Bené aproximou-se e sentou ao meu lado no chão da oficina. Segurando minha cabeça com as mãos, levantou meu rosto, forçando-me a encará-lo. Disse que não acreditava no que acabara de ouvir, que meus olhos diziam o contrário, que deveria haver algum outro motivo e que ele não iria embora sem saber a verdade. Aquela determinação e firmeza de voz me desarmaram e eu comecei a chorar. Entre soluços com o rosto escondido pelas minhas mãos, eu dizia que eu não podia, que eu não conseguiria, que tudo o que eu desejava era ficar sozinha e ter meu bebê em paz. Não podia o quê? Não conseguiria o quê? Era o que ele me perguntava, tentando entender alguma coisa.

Nessa hora, pai Rufino chegou à oficina. Havia acabado de chegar da roça. Tinha um semblante cansado, depois de um dia de trabalho no sol. Olhou-me com aquele olhar de reprovação, e apontou com a cabeça em direção da nossa casa. Limpei as lágrimas com as mãos. Saí apressada, deixando os dois a sós na oficina. Não sei o que eles conversavam para demorarem tanto. Quando pai Rufino chegou a nossa casa, eu já havia me recolhido para dormir, mas não conseguia, nem ao menos, descansar o corpo.

No outro dia, logo cedo, quando me levantei, pai Rufino estava à minha espera na cozinha sentado no tamborete com as pernas cruzadas. Batia irritantemente o pé direito no chão. Amoleci. Era assim que ele ficava sempre que estava preocupado com alguma coisa. Pedi sua bênção. Saí para o quintal quando ele me chamou, mandando que eu sentasse ao seu lado.

Pai Rufino, embora rude, era homem de bom coração. Sei que ele sabia de minha gravidez, mas nunca me dirigiu uma palavra sequer sobre o assunto. Lá em casa, sexo era tabu. Meus pais nunca conversavam comigo sobre sexo. O pouco que sabia vinha dos cochichos com primas e amigas em nossas brincadeiras de menina-moça, além dos gemidos que eu ouvia, vindos do quarto dos meus pais, tarde da noite, e minha experiência com Putdkan, que, por mais que eu tentasse, não conseguia esquecer.

Enquanto sorvia um gole de café quente, Pai Rufino falou, em tom autoritário, que Bené queria casar-se comigo e estava disposto a ser um pai para meu filho. Sei que, se fosse em outra situação, pai Rufino não permitiria que eu namorasse, quanto mais casar tão nova.

Na nossa comunidade, diferente de outras culturas, a moça casa quando chega perto dos vinte e cinco anos ou mais. A maneira com que ele falou deixou claro que não estava me consultando ou me aconselhando. Era quase uma imposição. Algo que já havia sido acordado entre os dois na noite anterior. Abaixei a cabeça e senti uma pontinha de tristeza por perceber que Bené estava disposto a casar-se comigo, mesmo sabendo que eu não queria. Notei que a minha vontade não era importante para ele. Fiquei angustiada pensando se Bené não seria um outro Putdkan em minha vida.

Pai Rufino foi logo explicando como tudo aconteceria, dizendo que construiria, juntamente com Bené, uma casinha modesta, ao lado da nossa casa, e era lá que eu iria morar depois de casada. Falou também que Bené tinha o seu consentimento para frequentar nossa casa e namorar comigo na cozinha, já que lá era o local que usávamos para receber visitas e conversar. Eu não disse nada. Meu pensamento estava distante. Continuei com os olhos baixos enquanto pai Rufino se levantava, deixando a caneca em cima da mesa. Colocou o chapéu de palha na cabeça e saiu para trabalhar.

Bené chegou à noite. A roupa toda engomada e, nos pés, um par de alpargatas gastos. Para os kalunga, que quase nunca usávamos sapatos, Bené estava alinhado e elegante. Eu, na cozinha com mãe Iara, socava o arroz no pilão para tirar a casca. Pai Rufino entrou e anunciou a chegada de Bené. Mãe Iara logo deixou o serviço e foi para o quarto. Ficou uma situação desagradável. Bené sentou-se ao meu lado e pai Rufino continuou parado, em pé, junto à porta. Não nos sentíamos à vontade de conversar na presença dele. Demorou um pouco até que meu pai percebesse e se retirasse. Mas, a todo momento, dava um jeito de passar perto da porta e olhar, como quem não quer nada, o que estávamos fazendo.

Bené ia começar a falar alguma coisa. Antes de ele começar, fui logo dizendo no dialeto peculiar de nossa gente. Era a única forma pela qual eu sabia me comunicar até então:

— Ocá... num vô dexá ocê colocá sua pomba ni mim... num dianta briquitá.

Em outras palavras, eu estava dizendo que não deixaria que ele colocasse o pênis em mim. Não adiantaria nem tentar. Fiquei sem graça por ter tocado num assunto delicado de uma forma tão desajeitada que abaixei a cabeça e coloquei o rosto entre as mãos. Estava envergonhada, mas precisava dizer aquilo de qualquer maneira. Eu não pretendia me relacionar sexualmente com mais ninguém. Bené ficou surpreso. Balançava a cabeça, em negativa, enquanto repetia atônito:

– Muié... Muié.

Fiquei esperando para ouvir o que diria em seguida. Para minha surpresa, Bené começou a sorrir, como se eu tivesse contado alguma piada engraçada. Levantei a cabeça e não sabia se deveria rir com ele ou se estava magoada por ver um assunto que, para mim, era coisa séria, sendo tratado com tanto descaso. Bené, porém, ficou sério de repente e disse que só aconteceria alguma coisa entre nós se fosse de minha vontade. Enquanto estivesse grávida, ele não tinha a intenção de me tocar. Respirei aliviada. Sorri e percebi que eu estava feliz com a ideia de me casar com Bené, desde que ele respeitasse a minha opinião e não me forçasse a nada que eu não quisesse.

No outro dia cedo, fui para a oficina. Eu gostava de trabalhar com artesanato. Ficava observando os objetos de nosso uso e, quando percebia que algum já estava velho ou gasto, começava logo a confeccionar outro. Naquela manhã, comecei a dedicar-me a fazer um quibano. Quibano é um instrumento de trabalho, de forma arredondada, feito com talas de buriti fixas, utilizado para abanar o arroz depois de ser socado no pilão.

Enquanto me envolvia com a tarefa, pensava em como minha vida tinha mudado em tão pouco tempo. Já não corria pelas redondezas brincando com minhas amigas de inventar histórias, não criava mais meus amigos imaginários no meu quarto. Pelo contrário, agora eu estava começando a construir minha própria história. O Bené não fazia parte de minha imaginação. Ele era um homem, seria meu marido, e uma criança se formava em meu ventre. Não tive adolescência. Praticamente pulei da infância para a fase adulta, e, mesmo sendo uma menina-moça, me sentia preparada para viver essa nova fase. Levantei os olhos e, pela janela, ao longe, podia ver meu pai e o Bené começando a preparar o terreno onde seria construída minha nova casa.

5

Estávamos no final de setembro e meu pai queria que eu e Bené nos casássemos na fogueira, durante uma festa, antes do plantio, que é feito nos meses de novembro e dezembro, momento em que estaríamos ocupados com a plantação para pensarmos em festas e casamentos.

Para irmos a alguma festa, não medimos distância nem encontramos dificuldade, mesmo a festa sendo em outra localidade, longe da nossa. Meu pai conhecia os moradores da região do Vão da Contenda, do outro lado do rio, onde aconteceria, em outubro, a festa de São Simão. Pai Rufino foi lá, e voltou com tudo resolvido: iríamos à festa, e eu e Bené casaríamos na fogueira, selando nossa união. Meu coração bateu descompassado quando recebi a notícia. As coisas estavam se concretizando, mas eu ainda não sabia qual o sentimento mais forte em mim, se a alegria ou o medo.

Pai Rufino e Bené se desdobraram nos serviços, fazendo nossa nova casa. Era tudo simples. Nossa choupana tinha um quarto, sala e cozinha com fogão à lenha, tudo coberto com palha de buriti. O chão, como na casa de meus pais, era coberto pela mesma areia branca e fina que fazia parte da vegetação.

Eu sempre dormi em rede. Na nova casa, tinha uma cama de casal que Bené havia construído com jiraus de madeira, sendo o colchão feito com duas camadas grossas de couro de boi. Olhei a cama e fiquei com medo de me deitar nela, ao lado de Bené. Cheguei até a conversar com ele, pedindo para armar minha rede. Mas Bené se negou, dizendo que não haveria nenhum problema em dormirmos juntos; além do mais, o que os outros iriam dizer sabendo que ele dormia na cama e eu na rede? Pensei: para que explicar aos outros uma intimidade que só a nós pertencia? Concordei com o que ele disse. Bené prometera não fazer nada que eu não aceitasse.

Tudo foi rápido. Conheci o Bené, tivemos um namoro furtivo na cozinha da casa de meus pais, sob o olhar vigilante de Pai Rufino. Não tivemos tempo de nos conhecer melhor. Eu sonhava em lutar junto com Bené pelos direitos dos negros. Eu estava grávida, minha barriga crescia e, de seu lado, meu pai tinha pressa em "ajeitar as coisas". Hoje sei que tudo que eu desejava era apenas um sonho de menina-moça cheia de ilusões. Só com o tempo e com a convivência junto de Bené, é que pude perceber que vivi, em grande parte de minha vida, a pior solidão de todas: a solidão a dois. Trabalhadora sem descanso, sem voz, sem opinião. Logo eu que criticava tanto a minha mãe acabei seguindo o mesmo caminho. Fui aceitando, passiva, a autoridade de quem mandava em casa.

Na época da festa, dia do nosso casamento, saímos do agrupamento de Maiadinha, comunidade onde vivíamos, e fomos a cavalo, pela mata, seguindo caminhos à cavaleira. Levamos nossa canoa amarrada no lombo de um burrico e, quando chegamos à margem, apeamos, amarramos os animais, junto às árvores e atravessamos o rio na pequena canoa. O resto do caminho foi feito a pé, seguindo as estradas à cavaleira.

Casamos em volta de uma fogueira, por uma espécie de sacerdote Kalunga, sempre uma pessoa mais idosa, um líder, a quem fora dado este poder pelos próprios Kalunga. A noite estava linda. Eu nunca vi, em nenhum outro lugar que não fosse em nossa região, um céu tão bonito, tão cheio de estrelas, que, mesmo não sendo noite de lua cheia, só o brilho das estrelas iluminava tudo.

Bené segurou minhas mãos e beijou minha testa. Envergonhada, abaixei a cabeça. Por um momento, eu esqueci tudo: as pessoas que estavam em volta, a presença do Bené segurando minhas mãos, a fogueira que crepitava, clareando a mata, o batuque dos tambores que animavam a festa... Levantei os olhos e fiquei contemplando o céu estrelado, tão distante e ao mesmo tempo quase ao alcance de minhas mãos. Estava tudo lindo. Eu esperava ouvir de Bené alguma coisa que combinasse com aquela cerimônia. Fiquei surpresa e decepcionada quando ele disse:

— Bão... daqui pra frente é só obrigação...

Parece que a noite ficou escura de repente... Eu só consegui dizer:

— Tá bão...

A festa seguiu noite adentro. Nós esperamos o dia amanhecer para irmos embora. Eu estava cansada e decepcionada com o que ouvira de Bené. Se era só por obrigação, por que se casou comigo? Não precisava. Nem era o pai do meu filho. Não parava de pensar nisso o tempo todo enquanto voltávamos para casa. Fizemos uma grande caminhada até chegarmos ao rio. Bené me chamou para tomarmos banho juntos. Eu não queria. Disse que não. Ele puxou minha mão com força, afastando-me dos meus pais, que ficaram esperando por nós embaixo de uma árvore.

— O que ocê qué fazê? — perguntei assustada enquanto o acompanhava.

— Tomá banho, sô...

— Num quero...

— Ocá, eu tiro a ropa pra qui, ocê tira a ropa pra aculá e nóis vai merguiá... só isso, ora!

Escondi-me entre os arbustos, tirei a roupa e entrei na água. O banho foi bom para tirar o suor e a sujeira de nossos corpos. Não vi o corpo dele nem ele o meu. Tomamos banho distantes um do outro. Saí da água e fiquei escondida, atrás dos arbustos onde o sol batia forte, esperando meu corpo secar. Quando terminei de me arrumar, ele já esperava por mim junto aos meus pais. Suspirei aliviada. Vi naquela atitude um sinal de respeito.

Em casa, mãe Iara nos convidou para comermos alguma coisa, quem sabe até para jantarmos com eles. Bené recusou e agradeceu, dizendo que agora tínhamos a nossa casa e precisávamos cuidar da nossa vida. Seguimos para nossa choupana.

Embora eu ajudasse mãe Iara na cozinha, gostava mais de lidar com artesanato, trabalhando na oficina. Não sabia cozinhar direito, preparar a lenha no fogão e tudo mais. Bené disse que estava com fome, pegou algumas madeiras que havia separado, colocou-as no fogão e preparou o fogo. O arroz, eu sabia fazer. Fui logo lidar com essa tarefa. Quando o arroz já estava na panela, corri para o galinheiro do quintal de mãe Iara e peguei dois ovos para fritar. Fiz um picadinho de abóbora que havíamos ganhado da roça do meu pai Rufino. Comida simples. Mas – para quem não sabia fazer quase nada – ficou até gostosa. Pus na mesa um bocado de farinha. Chamei Bené que amarrava os animais.

Jantamos juntos e ele quase não conversou, mantinha a cabeça baixa e o seu pensamento estava distante. Não elogiou nem criticou minha comida. Não sei se ele gostou ou se comeu bastante porque estava com fome. Quando acabou, limpou a boca suja de farinha com as mãos. Disse que iria dormir e, no dia seguinte, sairíamos cedo para começarmos a preparar o terreno onde seria nossa roça. Abaixei e levantei a cabeça em sinal de consentimento. Fui arrumar as coisas que estavam sujas na cozinha.

Somente depois que eu apaguei a lamparina, deixando o quarto no escuro, tive coragem de trocar de roupa e vestir um camisolão comprido e largo que mãe Iara fizera para mim. Deitei-me na beirinha da cama. O coração batendo forte com medo que Bené me tomasse de surpresa, à força, como fizera Putdkan. Só relaxei quando ouvi seu ronco e percebi que ele dormia profundamente.

Levantei cedo. Preparei o café e a tapioca. Tínhamos um dia longo de serviço pela frente. Pai Rufino chegou para nos ajudar. Trouxe dois tios meus. O trabalho era pesado. Seria necessário derrubar a mata, arrancar os troncos e cepos das árvores. Limpar o terreno para começar o plantio. Não era serviço para mulher, principalmente tão jovem, e, além do mais, mulher gestante. Fiquei aliviada quando Bené falou que eu poderia ficar em casa fazendo o almoço.

Quando fui varrer o quintal com um galho velho de buriti, percebi que estava crescendo, bem perto de nossa casa, uma árvore chamada Tamboril. Corri à cozinha, peguei o facão. Cortei-a rente ao chão. Essa árvore quando cresce perto da casa de um casal, no modo de pensar dos Kalunga, pode causar a morte de um dos cônjuges. Para evitar a tragédia, cortei-a. Esperava que meu casamento com Bené desse certo e não acontecesse nenhuma desgraça pelo caminho.

O trabalho de limpeza do terreno, para o plantio, durou três dias inteiros. Na hora do almoço eu levava a comida e água para eles. Construíram um abrigo para descansarmos do sol quando estivéssemos plantando ou cuidando da roça, espantando os periquitos. A roça seria grande, pelo tamanho da área que fora devastada. Já estava quase chegando novembro, época do plantio, e Bené tinha a intenção de cultivar arroz, mandioca, milho, abóbora, gergelim, melancia, algodão e quiabo.

Aos poucos fui ficando mais tranquila, Bené me tratava com cordialidade, embora se mantivesse na maioria das vezes distante e calado. Não me procurava na cama. Estava cumprindo sua promessa.

Nós Kalunga somos muito unidos. Quando chegou a época do plantio, serviço este feito na maioria das vezes por mulheres, fizemos um mutirão. Estávamos eu, mãe Iara e algumas primas solteiras que vieram de longe só para ajudar. Plantamos todas as sementes que Bené conseguira. O sol era forte, a barriga atrapalhava, as costas doíam, mas eu não tinha o costume de reclamar. Punha um lenço na cabeça e, por cima do lenço, um chapéu de palha e ia para a lida.

Minha barriga crescia de forma desproporcional ao meu tamanho. Estava enorme. Eu quase me arrastava para fazer as coisas. Eu ajudava Bené a espantar os periquitos da plantação.

Mudamos para o abrigo perto da roça. Armamos nossas redes, improvisamos um fogão no chão, onde eu fazia o arroz e alguma outra mistura. De vez em quando, Bené pescava. Mãe Iara, vendo o meu estado, sempre trazia alguma coisa: carne de sol, melado de cana para eu comer com farinha. Isso me sustentava e me dava energia.

Eu tinha habilidade com o badoque. Atraía os periquitos com cantos e assobios. Fazia armadilhas com visgo de gameleira e, depois, com o badoque, atirava pedra nos periquitos. Afinal de contas, cresci fazendo isso na roça de meus pais. Não havia nenhum periquito intruso que saísse ileso caso entrasse em nossa plantação.

Lembro-me de que comecei a sentir dores. Eu estava numa cacimba pegando água para levar para casa. Mesmo sentindo dores terríveis, peguei a lata e a coloquei na cabeça sobre um pano de algodão enrolado. Caminhava segurando com uma mão o pé da barriga, tentando chegar até a minha casa. Não estava aguentando mais. O peso na cabeça era grande e parecia que a criança forçava, querendo sair.

Apeguei-me a São Sebastião e à Nossa Senhora da Conceição. Estava sozinha e precisava de alento. Coloquei a lata d'água no chão e me sentei, gemendo de dor. Os santos me ajudaram. Mãe Iara vinha descendo para pegar água na cacimba e alguns tocos de madeira para o fogão à lenha. Olhou-me de longe, deixou as latas no caminho. Correu ao meu encontro. Só deu tempo de deitar-me no chão sobre o pano de algodão cru que ela trazia para ajudar a equilibrar a lata em cima da cabeça.

Nasceu um menino. Mãe Iara pegou o facão que trouxera para cortar os galhos das árvores e, com ele mesmo, cortou o cordão umbilical. Eu continuava sentindo dores. Fiz tanta força! Em pouco, nasceu uma menina. Mãe Iara os pegou. Ela chorava e dizia que os santos haviam me abençoado, dando-me dois filhos. Peguei as duas criancinhas, que choravam, banhadas em sangue e numa mistura amarelada e pegajosa. Eu os abracei. Eram meus bonecos, frutos do meu ventre, meus filhos.

Mãe Iara pegou a água que eu trouxera na lata e os banhou. Enrolamos as crianças no mesmo pano que cobrira o chão. Estava sujo de terra e com até um pouco de sangue. Olhei-os com mais atenção e levei um susto com a grande semelhança que tinham com o pai Putdkan.

Bené chegou de tardezinha. O sol estava começando a esconder-se atrás das serras. Eu havia acomodado as duas crianças na rede e elas dormiam um sono profundo. Ao ver as crianças, Bené aproximou-se da rede. Ele nem as tocou. Falou sério que aquelas duas crianças seriam seus filhos. Filhos que ele não pôde e nem poderia ter. Não perguntou como foi meu parto, se eu estava precisando de alguma coisa. Achei aquela atitude fria. Eu, na verdade, gostaria que ele me abraçasse, talvez até me desse os parabéns.

Ao final da tarde, minha casa estava cheia. A notícia havia ecoado entre os vãos das serras. Meus parentes vieram visitar-me e a festança começou. Pinga à vontade para todos, trazidas por meus tios, para comemorarmos o nascimento das crianças.

Bené tinha qualidades. Era um marceneiro de fazer inveja. Todos os nossos móveis haviam sido feitos por suas mãos. Na sala tínhamos dois grandes bancos, feitos com troncos grossos de árvores, partidos ao meio. Não sei por que mãe Iara foi escolher para sentar-se, juntamente com suas duas irmãs, em um banco velho, feito com jiraus de madeira, que Pai Rufino havia nos dado.

Acho que o peso estava muito e o banco não aguentou. Quebrou-se ao meio e todas foram parar no chão. Levantaram sorrindo do susto. Somente mãe Iara permanecia no chão, contorcendo-se de dor. Havia quebrado a perna direita, pois o banco caíra por cima de sua perna. Foi a maior agitação. Todos queriam ajudar. Pai Rufino e alguns tios saíram na mata escura, carregando algumas lamparinas, para ajudar a clarear a noite e trouxeram duas grandes talas de buriti. Colocaram as talas na perna quebrada de mãe Iara e amarraram com as folhas, também de buriti.

Naquela época não tínhamos estrada, a locomoção para a cidade era difícil. Quando alguém adoecia, às vezes era preciso uns dez homens para levar o enfermo, deitado em uma rede, até o leito do rio, tentando, desta maneira, chegar à cidade, ou, então, dependendo da situação do doente, ele ia no lombo de um animal.

Mãe Iara não suportaria viajar a cavalo até a cidade. Como ela era uma mulher pesada, seria trabalhoso e doloroso demais submetê-la a uma viagem, deitada numa rede, sendo carregada por léguas, até alcançarmos o rio. O único jeito seria tratá-la em casa, contando com a ajuda das talas de buriti.

Mãe Iara contorcia-se de dor. Não aceitou que ninguém a pegasse no colo. Mexer com a perna doía demais. Estendemos uma rede no chão da sala de nossa casa e, com dificuldade, acomodamos mãe Iara ali mesmo.

Foi uma época difícil. Eu adorava manga. O pé no quintal estava carregado da fruta. Mas, quando a mulher ganha nenê não pode comer manga até cinco meses após o parto.

Quando Bené caçava e trazia tatu ou veado eu não comia. Conforme nosso costume, como eu estava de resguardo, deveria ficar um ano sem comer a carne desses animais. Também, durante um ano, não podia comer peixes, como piau, barbado e surubim.

Com todas essas regras, eu acabava ficando fraca. O trabalho estava cansativo. Além da correria para cuidar de duas crianças recém-nascidas, mãe Iara estava entregue aos meus cuidados. Ela não conseguia levantar-se nem para fazer suas necessidades básicas. Era eu quem lhe dava banho, fazia sua higiene, limpava suas fezes... Tudo isso no chão da sala de nossa casa que estava ficando impregnada com o cheiro de urina...

Eu tinha que fazer o almoço e levar para o Bené na roça. Meu marido não mudara sua rotina, não me ajudava com os pequenos que choravam à noite toda. Passava por mãe Iara e só a cumprimentava num tratamento frio e distante, sem envolvimento. Pai Rufino também não era diferente. Havia seus serviços de "homem" para fazer, e o resto era coisa de mulher. Toda a responsabilidade recaíra sobre minhas costas.

Eu estava magra e abatida. O que mais me doía era a indiferença de Bené. Parece que não via o que eu estava passando ou não se importava nada comigo. Eu estava muito estressada e acho que talvez isso tenha contribuído para secar o meu leite. As crianças sugavam, sugavam meus pequenos seios e continuavam a chorar de fome. Sem saber o que fazer, eu chorava junto com elas.

Mas eu não gostava de fraquejar, preferia parecer uma mulher forte, mesmo estando em frangalhos por dentro. Perdi a conta de quantas noites saí para o quintal, sentava no chão olhando as estrelas, e chorava sozinha, sentindo solidão. Uma solidão doída que chegava a machucar o peito. Percebi que Bené se casara comigo porque já era um homem velho e queria uma mulher ao seu lado para cuidar da casa. Apesar de gostar dele, casei-me por imposição de pai Rufino que queria alguém para resguardar tanto a mim quanto aos meus filhos.

Com o passar do tempo, mãe Iara foi melhorando. Sua perna ficou um pouco torta. Nós negros temos os ossos muito fortes e ela, apesar de toda dificuldade enfrentada, recuperou-se bem.

Meu resguardo já havia passado e meus filhos, logo cedo, começaram a se alimentar com leite de vaca, ordenhado na hora, ainda quentinho. Cresciam fortes e sadios. Pareciam dois indiozinhos arrastando-se na areia fina do quintal.

Bené estava ficando cada vez mais hostil comigo. Só falava de forma ríspida e eu não sabia o porquê. A casa estava sempre em ordem e a comida pronta na hora certa. Acreditava que estava cumprindo direitinho a minha obrigação.

Eu tinha o costume de dormir tarde. Ficava horas contemplando a lua e as estrelas. Parece que aquela imensidão de céu pontilhado de luzinhas brilhantes me acalmava.

Numa noite, quando cheguei ao quarto carregando a lamparina, Bené mexia seu membro, com movimentos rápidos, gemendo quase igual a Putdkam fazia, quando estava sobre mim. Levei um susto! A lamparina caiu no chão e apagou. Eu pus a mão na boca e dizia assustada:

– O que ocê tá fazeno, omi?

Bené assustou-se. Acho que não esperava que eu entrasse no quarto naquele momento. Levantou e saiu gritando comigo:

– Eu sô omi... eu sô omi... parece que ocê num intendi...

Percebi o que ele queria. Durante todo aquele tempo, cumprira com sua palavra: nunca havia tocado em mim. Fiquei deitada na cama, acordada, com o coração batendo forte, os olhos abertos e a escuridão não me deixava enxergar nada.

Só tinha certeza de uma coisa: já estava na hora de vencer o meu medo. Quando, mais tarde, Bené voltou para a cama, aproximei-me e continuei a fazer o que ele havia começado. Minhas mãos estavam trêmulas e frias. O ar fugia de minhas narinas, deixando meus pulmões vazios. Bené aproximou-se de forma mansa e cuidadosa, parecia até que estava lidando com um vaso raro que poderia quebrar-se a qualquer momento.

Entregamo-nos um ao outro, quase um ano depois de casados na fogueira. Eu tinha muito que aprender ainda. Parecia que tudo seria diferente da minha primeira experiência. Sorri exausta e feliz. Havia perdido o medo e o nosso casamento estava começando ali.

O sol entrara definitivamente em nossa casa, esquentando a nossa relação e clareando nosso sentimento. Bené estava gentil e carinhoso. Sentia-me mais mulher, mais completa. Até mãe Iara percebeu que alguma coisa de diferente estava acontecendo. Porém não falei nada. Sorri apenas.

Ficamos mais próximos um do outro, trabalhávamos juntos na roça, enquanto mãe Iara cuidava dos netos. Lembro-me de que, às vezes, nem esperávamos a noite chegar e ali mesmo, na roça, com nossos corpos suados do sol forte e do esforço do trabalho com a enxada, deitávamos juntos, sujando ainda mais nossos corpos na terra, rolando sobre os brotos das sementes... distantes de tudo... ausentes do mundo... onde apenas o sol, a mata e os pássaros nos acompanhavam até a nossa exaustão.

Bons tempos aqueles... Porém, a lua de mel passou. A rotina voltou a impor sua força. As coisas foram aquietando-se, voltando de mansinho à normalidade. Passara o tempo da descoberta, da urgência um do outro. O dia era cheio de ocupações. Bené chegava cansado da lida diária, comia alguma coisa, ia para o quarto e dormia. Voltei a ficar até tarde da noite contemplando as estrelas e a lua cheia. O sexo parecia apenas uma necessidade biológica a ser cumprida. Algo como almoço ou jantar, só que não era todo dia.

O tempo ia passando e eu não engravidava. Sinceramente não me importava. Arlete e Gonçalo, nome dado ao meu filho em homenagem ao santo, ocupavam-me o dia todo. Ainda eram pequenos e davam bastante trabalho.

Mãe Iara vinha, passava a mão na minha cabeça, dizia que eu fora abençoada pelos santos quando tive os dois filhos. Eu deveria ser como ela própria, que secara por dentro depois do meu nascimento e nunca mais conseguira ter outros filhos. De tanto ouvir esta história, eu fui aceitando aquilo como verdade. Bené não se importava, nem tocava no assunto.

Arlete e Gonçalo tinham dois anos e já me acompanhavam por todo canto. Não muito distante da nossa casa, passava um pequeno córrego no qual meus meninos brincavam enquanto eu terminava o serviço. Batia roupa na pedra para ficar mais limpa.

Percebi um movimento de pés andando pela mata. Parei o serviço e fiquei alerta. Aproximei-me das crianças e pedi que não fizessem barulho. Vi o vulto de um homem passando por entre as árvores. Reconheceria Putdkan em qualquer lugar e tive certeza de que era ele.

Coloquei as coisas no tacho, peguei as crianças e voltei apressada para casa. Estava toda arrepiada de medo, nem olhei para trás para não perder tempo. Lembrei quando Putdkan havia me levado da casa de meus pais. Era o mesmo barulho silencioso e rasteiro... Aquela presença oculta e perturbadora, de longe, observava meus movimentos. E se Putdkan reconhecesse os filhos? E se ele os roubasse de mim?

Cheguei em casa chorando, desesperada. Encontrei Bené na oficina, colocando a massa da mandioca no tapiti para deixá-la enxuta. Agarrei-me a ele como se fosse minha única salvação. Aos prantos, soluçando a cada palavra que saía da minha boca, contei-lhe o ocorrido. As crianças estavam amedrontadas, sem entender nada do que estava acontecendo. Bené acalmou-me dizendo que, se algum índio estivesse rondando nossa casa, ele próprio descobriria, e que eu não temesse. Ao seu lado, eu e as crianças estaríamos seguras.

Fomos para casa. Eu não conseguia pensar em outra coisa. Percebi que Bené também estava preocupado. Quando contei à mãe Iara, ela abraçou os meninos e começou a chorar amedrontada. Naquela noite mãe Iara e pai Rufino dormiram em nossa casa para nos ajudar, caso precisássemos.

Eu conhecia de perto os costumes dos Canoeiros. À noite eles costumavam rondar as casas dos colonos e fazendeiros. Caso ele houvesse me reconhecido, estaria ali fora, como um fantasma, observando nossa casa. Eu estava aflita. Não conseguia dormir. Levantei-me. Bené também se levantou e resolveu ir lá fora para ver se havia alguém nos espionando.

Bené saiu de casa. A noite estava clara e a lua cheia banhava a areia branca de nosso quintal. Sentou-se no tamborete perto da porta e ficou em silêncio, observando o movimento. Nem um barulho. Nada acontecia. Num momento de descuido, quando Bené relaxou, acreditando que não havia ninguém à nossa espreita, uma pedra fora jogada em sua direção. Erraram o alvo e a pedra bateu forte na porta de nossa casa.

Eu, que estava do lado de dentro, fiquei assustada, pensando que alguma coisa de ruim pudesse ter acontecido com Bené. Peguei a lamparina, abri a porta e saí em sua direção. Não encontrei Bené no quintal.

Com a lamparina clareando a noite, fiquei frente a frente com Putdkan. Vi a fúria nos olhos dele. Meus pés ficaram colados ao chão. Eu não conseguia dar um passo e minha garganta estava seca. Não era possível emitir som algum.

– Uainvi! Uainvi!... – repetia ele com os lábios serrados.

Uainvi, na língua dos Canoeiros, quer dizer mulher.

Putdkan repetira o que fizera na primeira vez. Pegou-me no colo, jogou-me nos seus ombros e saiu apressado. Agora já conseguia gritar. Pedi desesperadamente por socorro. Ele se afastava de nossa casa, entrando na mata escura.

Bené aproximou-se. Não sei de que direção ele veio. Putdkan não percebeu sua presença. Só sentiu a força de um pedaço de pau batendo em sua cabeça. Caímos. Ele, cambaleando, meio tonto, conseguiu se levantar. Bené aproveitou e deu-lhe um soco na boca. Um dente caiu e o sangue escorreu. Putdkan, que estava sozinho, percebeu que perderia aquela luta. Fugiu esgueirando-se pela mata adentro.

Eu chorava. Bené levantou-me do chão e começou a brigar comigo. Disse que eu não deveria ter saído de dentro de casa. Quando chegamos, encontramos meus pais preocupados na sala, com a lamparina acesa. Pai Rufino veio ao nosso encontro. Não saiu para nos ajudar. Ficara com receio de que algum índio entrasse e pegasse meus filhos Arlete e Gonçalo, meu maior tesouro.

Eu não tinha mais sossego nem paz. Pelo pequeno convívio que tive com Putdkan, sabia que ele não era homem de desistir fácil das coisas. Ele me encontrou e não sossegaria enquanto não me levasse embora, ainda mais se houvesse reconhecido em minhas crianças os traços marcantes dos índios.

Pai Rufino chamou alguns tios meus para reforçar a segurança da casa. Fiquei prisioneira do meu próprio espaço. Quando anoiteceu, estavam conosco dez homens, além de Bené e pai Rufino. Passamos a noite amontoados em nossa pequena tapera. Ninguém dormiu. Fiz bastante café e conversávamos à meia-voz para não fazer barulho.

Era meia-noite quando a provocação começou. Pedras eram jogadas na direção da casa. Acredito que Putdkan voltara com seu filho para nos amedrontar. Bené queria sair. Pai Rufino, mais sensato, o impediu. Decidimos que o silêncio seria nossa resposta e só agiríamos caso eles resolvessem invadir nossa casa. Antes de amanhecer, eles foram embora. Eu sabia que estava sendo vigiada o tempo inteiro, por um vulto que se ocultava dentro da mata e que não desistiria enquanto não conseguisse o que desejava.

Bené estava em silêncio, pensativo, e, quando falou, seu tom de voz era firme e decidido. Olhou sério para todos que estavam na sala e depois fixou os olhos em mim. Mandou que eu arrumasse as crianças e nossas coisas. Iríamos embora. Passaríamos algum tempo fora de nossa região.

Pai Rufino abaixou a cabeça, o seu silêncio dizia que estava de acordo com a decisão de Bené. Mãe Iara agarrou-se a mim e choramos juntas. Eu não queria deixar minha gente, minha casa, minha roça, minha oficina, meu querido vão da serra. Eu não queria deixar mãe Iara. O que seria dela sem mim? Sem os netos que lhe davam tanta alegria? Sua vida tornar-se-ia um imenso vazio. Era minha preta querida, era minha mãe que eu estava sendo obrigada a deixar para trás.

Ficou acertado que pai Rufino e meus tios cuidariam da nossa roça, até que pudéssemos voltar. Bené foi à oficina, encheu as buracas de farinha, colocou-as no jumento. Levaríamos também gergelim e alguns artesanatos que eu havia feito para vendermos na cidade. Precisaríamos de dinheiro. A intenção de Bené era pedir emprego a seus antigos patrões. A fazenda deles era longe e a viagem até lá, a cavalo, seria penosa e sofrida. Não desceríamos a serra sozinhos. Formamos um mutirão, contando com a ajuda de tios e primos mais velhos para que chegássemos até a cidade em segurança. Teríamos que percorrer sete serras e mais umas oito léguas até chegarmos ao município de Cavalcante. A partir deste ponto, eu, Bené e as crianças seguiríamos para a fazenda.

Quando tudo estava pronto para a partida, olhei minha choupana. Abracei mãe Iara pela última vez.

— Minha fia... Minha fia... — repetia ela, passando as mãos cansadas sobre o lenço que escondia meus cabelos crespos.

— Eu vorto, mãe... eu vorto.

Subi no cavalo. Bené entregou-me as crianças e eu as acomodei junto a mim em cima do animal manso. Afastamo-nos devagar. Eu acenava e mãe Iara retribuía o aceno com o olhar distante, perdido. Com uma mão envolvi meus filhos, com a outra puxava as rédeas do cavalo, acompanhando o grupo. O que seria da minha vida dali para frente? As lágrimas rolavam no meu rosto enquanto descíamos a serra em silêncio.

Eu fiquei pensando nas histórias que meu bisavô Nhô Tobias contava e na origem do nosso nome Kalunga. Para os africanos, Kalunga é palavra ligada a nossas crenças religiosas e se referia ao mundo de nossos ancestrais. Acreditávamos que deveríamos prestar culto aos nossos antepassados porque eram deles que vinham a nossa força.

Conforme Nhô Tobias dizia, o mundo era uma grande roda cortada ao meio, e, em cada metade, havia uma grande montanha na qual uma ficava com o pico virado para cima e era o mundo dos vivos. A outra montanha, com o pico virado para baixo, representava o mundo dos mortos. As montanhas eram separadas por um grande rio que os primeiros africanos, trazidos para o Brasil como escravos, chamavam de Kalunga. Portanto, Kalunga era um lugar de passagem onde os vivos poderiam entrar em contato com a força de seus antepassados.

Quando meus ancestrais refugiaram-se na Chapada dos Veadeiros, onde o grande rio Paranã atravessava todo nosso território, começamos a dar um outro sentido à palavra Kalunga. Era o rio que protegia nosso Quilombo das maldades do homem branco e da escravidão, portanto, para nós, o rio Paranã passou a ser, como na África, o rio que separava a vida e a morte.

Sentia-me desprotegida, estava deixando para trás o rio Paranã, nosso protetor. Agora tinha medo que pudesse ser escravizada por uma civilização que eu desconhecia e ser tratada como ser inferior, menosprezada.

Hoje sei que *calunga*, escrito com "c", quer dizer coisa pequena, inferior, como o ratinho camundongo que vive no Nordeste do Brasil. O ratinho no Nordeste se chama calunga ou catira. Os colonizadores portugueses chamavam o negro de calunga, associando-nos a um ser inferior a eles, como o rato.

6

Só chegamos à cidade no outro dia. Durante todo o percurso, assustava-me com qualquer movimento estranho. Não vimos nenhum sinal de Putdkan. Mas eu podia senti-lo nos arredores. Meus filhos estavam cansados e com fome. Nosso único alimento foi o melado de cana misturado com gergelim e farinha.

Eu nunca havia descido a serra. Não conhecia a cidade que eu tanto temia. Tudo para mim era novo. As casas eram unidas umas às outras, diferentes das choupanas escondidas nos vãos das serras. Existia um espaço aberto com bancos e árvores que chamavam de praça onde os comerciantes vendiam carne de sol, frutas, vegetais e tantos outros produtos. Bené contou-me que era uma feira.

Estávamos imundos pela viagem e não éramos bem vistos pelas pessoas que nos olhavam com ar de nojo e desprezo. Apeamos. Fiquei com as crianças e meus primos nas sombras das árvores, enquanto Bené, pai Rufino e meus tios foram vender a farinha, o gergelim e o artesanato feito por mim. Nossa farinha era muito boa. Não havia na cidade outra de qualidade semelhante. Portanto, vencendo a resistência que tinham por nós, se aproximavam e compravam nossos produtos. Com a féria, compramos comida e leite para as crianças.

Perto do município de Cavalcante passa o Rio das Almas. Em suas margens, tomamos banho e descansamos um pouco nas sombras das árvores. Tínhamos ainda um grande caminho a percorrer. Chegara o momento da despedida da comitiva que nos acompanhara até ali. Despedimo-nos. Pai Rufino olhou sério para mim, contendo suas emoções, como de costume. Eu já o conhecia o suficiente para saber que estava sofrendo, mas ele não sabia expressar seus sentimentos com palavras ou gestos. Abracei-lhe forte. Queria que o tempo parasse ali. Tinha medo de não vê-lo nunca mais.

A noite chegou e a fazenda ainda estava distante. Ficava próxima ao pequeno vilarejo São João D'Aliança. Apeamos na mata, e Bené acendeu uma fogueira com galhos de algumas árvores. Colocou folhas secas para que o fogo pegasse mais rápido. Armou nossas redes bem perto uma da outra. Acomodei as crianças. Elas estavam cansadas, com o corpinho todo dolorido.

– Menini, deixa di cunvesa, qui dia! Ocê num tá veno qui nóis tá cansado? – gritou Bené irritado, olhando sério para Gonçalo que chorava com a cansativa viagem.

– Mãe... tô cum fomi. – reclamou Arlete.

– N'oto dia nóis comi. É mió ocêis drumi agora. – falei desanimada, pois não havia nada para dar de comer às crianças.

A fogueira nos esquentava do frio. Eu e Bené dormimos na mesma rede. Eu não conseguia nem fechar os olhos. O medo me acompanhava. Ao menor barulho que ouvi, sentei-me na rede agitada, sacudindo Bené pela perna.

– Bené, Bené! Qui baruio foi aquele acolá? – apontava com o dedo, meio perdida com a escuridão da noite.

– Sossega, muié... aqui num tem índio. – reclamou sonolento e voltou a dormir.

Não sei como ele podia ter tanta certeza e ficar tão tranquilo. Passei a noite acordada, olhando a rede onde minhas crianças dormiam. Tinha medo de cochilar e, ao acordar, não encontrá-las mais ali.

Quando, no outro dia, quase ao entardecer, chegamos à fazenda, assustei-me com a beleza da casa. Era grande e linda, pintada de branco. As portas e janelas eram de madeira maciça. Flores de várias cores enfeitavam o jardim.

Bené pediu que eu aguardasse do lado de fora com as crianças. Foi sozinho falar com o fazendeiro. Demorou até que ele voltasse. Chegou feliz dizendo que o patrão tinha sentido falta de seus serviços e o seu lugar estava ali do mesmo jeito que antes. Bené trouxe uma chave na mão e nos levou até um casebre próximo à casa-grande.

Para mim, que vivia numa choupana, aquela casa era um luxo. Parede pintada, feita de tijolos, com telhado colonial. Só havia uma cama de solteiro no único quarto existente; na sala, nenhum móvel; na cozinha, apenas um fogão à lenha, que há muito tempo não era usado. A casa estava cheia de poeira e teias de aranha. Parece que ninguém dormia ali há tempos.

Havia um córrego nos fundos do casebre. Resolvi primeiro dar um banho nas crianças para depois me ocupar com a limpeza da casa. Quando retornei do córrego, encontrei na sala uma mulher muito bonita. Trajava um vestido longo, de pano caro. Sua cintura era fina, e os cabelos estavam presos, no alto da cabeça, com um lindo coque. Ela era branca como as nuvens e tinha os olhos azuis como da cor do céu.

Senti-me traída por Bené. Queria fazer nossas trouxas e sair dali naquele mesmo instante. Como ele poderia ter pedido abrigo aos brancos, pessoas que eu aprendi a odiar desde os tempos em que meu bisavô Nhô Tobias contava as histórias da escravidão? E meu amigo José que fora assassinado por aquela raça sem cor e sem sangue? Sem falar em Putdkan que teve a sua tribo destruída por aquela gente. Eu tinha motivos suficientes para não querer me aproximar de ninguém que tivesse a cor clara.

A branca sorriu para mim e estendeu a mão. Permaneci de cabeça baixa, sem saber o que fazer. Bené não estava. Havia ido buscar lenha para o fogão. Ela apresentou-se como Marina e era filha do dono da fazenda. Perguntou meu nome. Não respondi. Marina deveria ter mais ou menos a minha idade. Trouxe-nos leite, biscoitos, um queijo fresco e uma compota de goiaba. As crianças, envergonhadas, escondiam-se por detrás de minhas pernas. Ela despediu-se sem graça. Eu não falei nada, aquele agrado não iria me enganar. Na primeira oportunidade, sabia que ela mostraria quem realmente era. Corria em suas veias o sangue de gente ruim, de gente branca.

Servi as crianças, que comeram com muita urgência, parecia até que nunca tinham visto comida antes. Aqueles biscoitos, aquele queijo com doce de goiaba eram bem mais gostosos do que qualquer coisa que já houvéssemos comido. A fome que sentíamos ajudava a realçar o sabor dos alimentos.

Bené chegou com os braços cheios de galhos secos. Também trouxe um lampião a gás. Fiquei impressionada com a claridade que ele fazia dentro de casa. Olhei séria para Bené. Falei num tom de autoridade, de uma forma que nunca tinha falado com ele antes. Tinha raiva e determinação no meu olhar. Disse que não havia saído de minha terra, fugidos dos índios, percorrendo tantas léguas, para trabalhar numa casa de gente branca! Não ficaria ali. Deveríamos partir antes que o sol nascesse.

Bené fez de conta que não escutou o que eu disse. Foi até o fogão à lenha e depositou a galha seca. Eu exigi uma resposta. Ele falou que se eu quisesse ir embora, eu poderia ir, mas ele não sairia dali. Ainda me disse que as pessoas da fazenda eram gente honesta e que nem todo branco era ruim. Foi até a porta da casa, abrindo-a e mandou que eu me retirasse e que dali para frente ele não se preocuparia mais comigo. Fiquei chocada. Abaixei a cabeça e entrei para o quarto. Bené sabia bem que eu não sairia com as crianças sem a ajuda dele.

Com os lábios serrados de raiva, Bené levou o lampião para o quarto e ocupou-se, calado, em armar as redes. Quando ele terminou o serviço, acomodei Arlete e Gonçalo juntos em uma rede, deitando-me na outra; deixei a cama de solteiro que havia no quarto para que ele dormisse sozinho.

O cansaço falou mais alto. Dormi a noite inteira sem pensar no que faria no dia seguinte. Tive pesadelos. Sonhei que me colocavam num tronco com buracos nos quais enfiavam meus pés e minhas mãos e me batiam com o bacalhau. De minhas costas feridas, escorria muito sangue.

As lembranças das histórias que meu bisavô Nhô Tobias me contava vinham à minha mente. Era como se eu já houvesse vivido há tempos e sentido na pele a dor das chicotadas. Remexia-me na cama e os pesadelos me perseguiam. Sonhei que eu servia aquela moça branca que havia estado comigo durante o dia. Eu era sua escrava e ela vendia meus filhos, pois eram crias da escravidão. A sinhá poderia fazer o que bem entendesse com minhas crianças. Eu via os homens levando meus filhos para longe de mim. No sonho, Arlete e Gonçalo choravam, esperneavam... e a mulher branca sorria indiferente, sem se importar com meus sentimentos.

Acordei exausta e suada. Olhei para a outra rede onde vi que Artele e Gonçalo dormiam em segurança. Suspirei aliviada. Fui até a rede e fiz um carinho em suas cabecinhas. Bené saíra. Nunca havia me sentido tão abatida e desanimada. Mesmo quando eu estava nas mãos dos índios, tinha uma esperança, uma certeza de que conseguiria, de alguma maneira, voltar para minha gente. Porém, agora, era um dos meus que havia me levado para aquele lugar, tão distante de minha terra, dos meus costumes. Meus filhos, indefesos, precisavam dos meus cuidados. Eles não tinham a menor condição de suportar uma viagem de volta, assim tão de repente.

Na cozinha, havia um bule cheio de café quente, leite fresco e espumoso, como que saído da ordenha àquela hora. Havia também um pão caseiro, coberto com gergelim. Quem trouxera? Fiquei imaginando se havia sido a mesma mulher do dia anterior. Comecei a servir as crianças, pensando que precisaria dar um jeito naquela situação. Não poderia ficar aceitando comida vinda da casa-grande. Eu mesma faria nosso próprio alimento.

Quando Bené chegou, trouxera arroz, feijão e farinha. Três sacos grandes que vieram acomodados dentro da buraca que o burrico trazia em passos lentos. Falei com ele para pedir à dona Marina que não nos trouxesse mais alimento. Dali por diante, eu mesma cuidaria de nossa comida.

Isolei-me naquela casa, cuidando das crianças, lavando roupa no córrego, cuidando da nossa horta que eu fizera ali por perto. Ao anoitecer, quando tudo se aquietava, perdia a noção do tempo olhando as estrelas e a lua. Sentia uma saudade doída da minha terra, da minha gente. Chorava, com soluços baixos, para que Bené não percebesse.

Todas as noites, eu ouvia uma melodia triste que vinha da casa-grande. Era o som de um piano. Bené me falara o nome do instrumento certa noite, quando lhe perguntei antes de deitar junto dele na estreita cama de solteiro. Era uma música linda, triste, e quem tocava era dona Marina, que, mesmo eu pedindo para parar de nos levar comida, sempre nos presenteava com um bolo diferente, um pão quentinho ou doces que ela adorava fazer. Eu continuava resistente. Não falava com ela, não agradecia. Oferecia-lhe, apenas, a minha indiferença.

Certo dia, quando eu voltava para casa, depois de cuidar de nossa horta, resolvi subir em um pequeno morro e, lá de cima, fiquei esperando o sol esconder-se atrás das serras. As crianças brincavam ao meu redor e, de repente, Marina sentou-se ao meu lado, no chão. Eu estava com as mãos sujas. A terra entrara por baixo de minhas unhas. Meu vestido de algodão cru já estava acostumado com a lida do dia a dia. Marina sentou-se ao meu lado sem se importar em sujar sua roupa delicada. O perfume do seu corpo alvo era bem diferente do cheiro do suor grudado em minha pele.

Marina falou que todas as tardes subia aquele morro e esperava o sol se pôr. Ficou um bom tempo olhando o horizonte e continuou dizendo que era triste ver aquele sol que passara o dia todo oferecendo vida e calor esconder-se, já quase frio, como se tivesse doado toda sua energia, buscando refúgio atrás das serras. Isso me lembra a minha mãe, continuou ela, que, por muito tempo, fora o sol em minha casa, mas agora, já fraca e quase sem luz, está presa em um hospício, como se louca fosse.

Permaneci calada, tentando entender aquela comparação difícil. Ela voltou-se ao silêncio, contemplando o sol esconder-se. Falou ainda que todas as manhãs ela voltava ao morro para ver o sol nascer. Era isso que lhe dava forças para acreditar que sua mamãe voltaria algum dia para iluminar a casa, como o sol fazia todas as manhãs com a natureza.

Os olhos dela estavam cheios de lágrimas. Pela primeira vez, senti pena da moça. Ela tinha uma face pálida. Observando-a tão próxima, tive a impressão de que ela pudesse estar doente. Marina levantou-se e saiu apressada. Estava tão acostumada com o meu silêncio que não esperava ouvir nada de mim. Fui para casa, segurando nas mãos das crianças, sem conseguir parar de pensar no que Marina me dissera.

Silva era um negro que também trabalhava com seu Damião, o dono da fazenda. De vez em quando ele almoçava conosco. Era mais jovem que Bené e, sempre que vinha para nossa casa, brincava com as crianças, enchendo-as de alegria. Ficava um barulho gostoso de sorrisos e conversas, coisas que geralmente não aconteciam, pois Bené era uma pessoa fechada, preocupada demais com seu próprio mundo. Não brincava com meus filhos, não gostava de sorrir, enquanto Silva era o oposto: parecia um moleque brincando com Arlete e Gonçalo.

Quando eles vinham almoçar amarravam os animais em uma goiabeira, perto de nossa casa. As crianças tinham o costume de subir na árvore e sentar no lombo dos cavalos. Os animais eram mansos e nunca havia acontecido nada. Porém, naquele dia, Silva viera com um cavalo diferente do de costume. Sem que ninguém percebesse, Gonçalo foi fazer a brincadeira de sempre. Quando ele montou no novo cavalo, o animal o estranhou. Relinchou, soltou-se do laço frouxo que o prendia à árvore, saindo em disparada com meu filho.

Gonçalo começou a gritar, abraçado ao pescoço do cavalo bravo. Silva, mais do que depressa, montou no seu cavalo para alcançá-los. Não estava conseguindo. O outro animal era muito mais ágil.

Quem conseguiu salvar meu filho foi Marina que cavalgava pelas redondezas com uma calça enfiada dentro das botas de cano longo. Sua blusa branca e os cabelos compridos e soltos balançavam ao sabor do vento. Ela era uma excelente amazona.

O cavalo galopou veloz ao comando de Marina. Quando os cavalos estavam lado a lado, Marina segurou firme na cintura de Gonçalo e o puxou para junto de si. O cavalo de Silva continuou galopando sem destino. Minha criança foi salva graças à moça branca.

Quando Marina chegou montada em seu cavalo que caminhava em passos leves, minhas pernas estavam bambas. Meu coração queria sair pela boca de tão rápido que batia. Gonçalo chorava assustado. Emocionada, agradeci. Ela salvara a vida de meu filho. A partir dali, desarmei-me do ódio que eu tinha pelos brancos. Até comecei a admirá-la como mulher. Marina voltou à casa-grande, sem nada dizer.

Bené havia feito uma oficina perto do nosso casebre para o preparo de mandioca e farinha. Eu continuava a fazer os artesanatos necessários ao trabalho, coisas que eu havia aprendido com meus pais no Vão da Serra.

Um dia após o incidente com Gonçalo, levantei-me cedo e fui para a oficina. A massa da mandioca estava úmida. Eu a retirei do tapiti e passei a manhã ocupando-me em peneirá-la no quibano, torrando-a no forno de barro, que Bené havia feito. Depois de tudo pronto, coloquei um tanto de farinha em um saco de algodão, tomei banho com as crianças no riacho e fui para a casa-grande, equilibrando o saco de farinha apoiado por um pano enrolado sobre minha cabeça.

Receosa, bati à porta. Estava sem graça, sem saber o que dizer. Tinha medo que Marina me tratasse do mesmo jeito que eu a tratava. Sempre que levava alguma coisa, tentando me agradar, eu a tratava com indiferença. Quando Marina atendeu, ofereci-lhe o saco de farinha em agradecimento ao que ela havia feito por meu filho. Ela sorriu. Convidou-me para entrar. Agradeci, e disse que Bené estava quase chegando e eu ainda não fizera o almoço.

Marina estendeu as mãos, segurando as minhas e disse que poderíamos ser amigas. Abaixei a cabeça. Era um costume que eu tinha, coisa antiga, que eu fazia sempre que me sentia envergonhada. Marina perguntou se poderia ir lá em casa, mais tarde, depois do almoço. Eu levantei um pouco a cabeça e disse que sim, com um sorriso desajeitado.

Em casa encontrei Silva parado, esperando por mim. Perguntei por que Bené não viera e ele disse que uma vaca estava parindo e que o bezerro não conseguia nascer. Bené fazia o parto do bicho. Silva me disse que não gostava de ver sangue. Daí, preferiu sair.

Eu falei que o almoço não estava pronto, mas ele já ia saindo em direção ao quintal, junto com as crianças. Saí depressa para olhar com que cavalo ele viera. Era o animal manso, acostumado com meus filhos.

De quando em vez, Silva entrava na cozinha, pedia água e ficava por ali, querendo prosear comigo. Ele me olhava de cima a baixo. Eu ficava constrangida com aquele olhar fixo em minhas ancas. Fazia de conta que não percebia, ficava de costas para ele, envolvida com o almoço e as brasas do fogão à lenha.

Bené chegou e nos encontrou sozinhos na cozinha. Eu terminava de fritar ovos. Silva, encostado na parede, perto do fogão, conversava alto, sorrindo, contando suas aventuras de vaqueiro. Bené olhou-me de um jeito, fazendo-me sentir culpada, mesmo sem ter feito nada de errado. Bené estava com ciúmes. Ciúmes da nossa conversa alta e despreocupada, coisa que não acontecia em nosso relacionamento; ciúmes das crianças que corriam e pulavam no colo de Silva, enquanto Bené nunca houvera dado abertura para conquistar aquela intimidade gostosa com meus filhos.

Ele sentou-se à mesa irritado e perguntou ao Silva por que ele viera sozinho em vez de o ajudar com a vaca e o bezerro. Tranquilo, Silva se justificou, dizendo a mesma coisa que disse a mim. Bené permaneceu sério e falou que os animais, tanto a vaca quanto o bezerro, haviam morrido, o que seu Damião não gostaria nem um pouco de saber.

Comemos em silêncio. Só as crianças arriscavam brincadeira, que acabava morrendo no ar, sem resposta. Depois do almoço, Bené e Silva saíram e, pelo olhar que Bené me lançou, sabia que mais à noite ainda iria ouvir alguma grosseria dele.

Conforme combinado, Marina chegou à tarde. Trazia um bolo, ainda quente, que acabara de sair do forno. Eu preparei uma limonada enquanto ela, sentada no chão, lia um livro de contos infantis para Arlete e Gonçalo. Os olhos de minhas crianças brilhavam. Estavam tão envolvidas com o que Marina lhes contava... Sorriam de vez em quando, faziam perguntas e até eu fiquei curiosa. Ela lia aquela quantidade de letras juntas, letras que, para mim, analfabeta, não tinham significado nenhum.

Marina era uma pessoa encantadora. Quando lhe falei que não sabia ler nem escrever, ela se dispôs a me ensinar. Na mesma hora, abri um sorriso e aceitei. Marina também sorriu de alegria. Acho até que ficou mais feliz do que eu. A sinhá tinha encontrado uma ocupação que preencheria os seus dias, acabando com a monotonia e a solidão. Depois daquele dia, nunca mais deixei os livros. Marina era branca, e, eu, preta. Mas a diferença das raças não afetou nossa relação. Jamais esquecerei aquela moça nem o quanto ela fez por mim.

Ao final da tarde, quando Bené chegou, seu rosto estava contraído. Tive a impressão de que ele passara a tarde toda pensando em Silva comigo sozinho na cozinha, e imaginando coisas que não haviam acontecido. Segurou em meu braço e me ameaçou dizendo que não queria mais saber de Silva frequentando a nossa casa quando ele estivesse fora. Eu consenti. Na verdade, eu tinha medo de Bené. Ele impunha muita autoridade e respeito, aumentando a distância entre nós.

Pensei em mãe Iara. Eu nunca concordara com a forma com que pai Rufino a tratava e nem com a sua submissão às ordens dele. E eu me casei com um homem igual ao pai Rufino e agia, instintivamente, igual à mãe Iara. Era a autoridade do homem perpetuando por gerações. Minha vida estava sendo uma continuação da vida de minha querida mãe preta, mãe Iara.

Eu e Marina tínhamos um horário sagrado para o qual dávamos extrema importância. Deixávamos de lado todos os nossos afazeres para nos dedicarmos aos livros. Ela vinha para minha casa e começava a me ensinar as primeiras letras. Eu achava tudo difícil. Aquela quantidade de letras e seus sons não entravam na minha cabeça. Porém, eu não desanimava. Era um desafio que tinha de vencer.

Depois de muito tentar, consegui escrever meu nome: Bernadete. Vibrei de alegria. Estava descobrindo um mundo diferente, uma nova forma de comunicação, uma maneira de entender e de ser entendida por outras pessoas que não faziam parte da nossa comunidade Kalunga. Comecei a imaginar que, sabendo ler e escrever, poderia ajudar o meu povo sofrido. Eles ficaram lá na serra, mas me acompanhavam dentro do meu coração, nas minhas lembranças, na minha saudade.

Depois do ocorrido com meu amigo, Bené nunca mais tocara no assunto da defesa dos negros. Acho que se sentia culpado pela morte de seu José. Era como se houvesse acabado a esperança de mudar alguma coisa, aceitando, passivamente, a condição de inferioridade imposta aos negros.

Não era com aquele homem que eu havia me casado. Na minha imaginação, quando vi Bené pela primeira vez, falando animado com pai Rufino e seu José sobre a necessidade de enfrentar a opressão branca e a grilagem, sentado à mesa na qual meu bisavô Nhô Tobias me contava as histórias dos Quilombos dos Palmares e de Zumbi, pensei que Bené fosse um homem diferente, altivo e determinado. A convivência com ele mostrou-me uma pessoa apática, que não valorizava nem mesmo a mulher que tinha em casa.

Todas as tardes, eu, Marina e meus filhos subíamos o morro para ver o sol se esconder atrás das serras. Conversávamos bastante e nos consolávamos mutuamente. Ela falava de sua mãe, e eu, da minha. Parecia que isso nos ajudava a conviver com a saudade que sentíamos delas. Fiquei sabendo que dona Merciana, mãe de Marina, havia sido internada, num hospício, em Goiânia, como louca. Naquela época eu não entendia bem essas coisas. Nunca vi um louco, muito menos hospício, mas imaginava que deveria ser um lugar horrível onde as pessoas ficavam trancadas e isoladas.

Marina queria aprender a fazer farinha, conhecer minhas tradições. Passamos juntas muitas manhãs, fazendo farinha. Eu lhe contava a utilidade dos nossos artesanatos como o quibano, o tapiti, a buraca e a coipeba. Dava também dicas de como colocar a farinha para torrar, mostrando a importância de esfregar a folha do quiabeiro no forno, antes de torrar a farinha para o barro não soltar. Marina mexia a farinha no forno com a coipeba e seu rosto branco ficava vermelho do esforço que ela fazia e do calor que sentia.

Bené me havia proibido de receber Silva em casa na ausência dele. Mas Silva chegava de mansinho, sem avisar; suas visitas eram rápidas e furtivas. Eu tive a impressão de que Bené falara com ele alguma coisa a respeito de não frequentar nossa casa. Quando chegava, estava sempre assustado, olhando para os lados, com pressa de ir embora, como se estivesse fazendo alguma estripulia proibida.

O pouco tempo que passava lá em casa ficava conversando comigo na cozinha, olhando-me de um jeito que me desconcertava. Eu, nervosa, com medo de Bené chegar de repente, queimava a comida. Só não tinha coragem de mandá-lo embora. Gostava de sua companhia, de sua alegria de menino.

Certa vez, ao vê-lo chegar, estava no quintal, socando arroz no pilão. Silva pediu para fazer o serviço por mim. Eu já estava com o rosto molhado de suor. Nossas mãos se tocaram, ele aproveitou e segurou as minhas entre as suas. Ficamos bem próximos um do outro. Puxei minhas mãos, soltando-me e saí apressada.

Aquilo não poderia estar acontecendo comigo: os batimentos acelerados do coração, a respiração ofegante... Estava nascendo um sentimento puro, verdadeiro e proibido. Silva ficou sozinho no quintal socando o arroz. Da porta da cozinha, eu o observava encantada. Quando terminou o serviço, despedindo-se constrangido. Sabia que ele estava sentindo o mesmo que eu. Talvez lutando contra suas próprias emoções.

O tempo ia passando e as visitas de Silva continuavam... Além da forte energia que pairava no ar, nada mais acontecera entre nós. Certo dia Bené chegou de surpresa e, enquanto ele entrava pela sala, Silva saíra apressado pela porta da cozinha, escondendo-se na mata. Parecia que Bené estava cismado com alguma coisa. Entrou em casa olhando para todos os lados, querendo ver se Silva estava por ali. Perguntou se eu o havia visto. Neguei.

Continuei peneirando o arroz no quibano. Arlete, que brincava no quintal, entrou em casa e Bené foi logo perguntando a ela se havia visto Silva. Em sua inocência, Arlete disse que ele estava na cozinha, conversando comigo e que acabara de ir embora. Minhas pernas ficaram moles, as mãos frias, e as vistas começaram a escurecer. Bené me puxou pelos cabelos. O quibano caiu e o arroz se espalhou pela cozinha.

— Muié... muié... pru que ocê mintiu pra mim?

Bené sentia tanta raiva que tive a impressão que ele iria me bater. Eu tentei controlar meu nervosismo e falei que Silva viera tomar um pouco de água e que eu não falara a verdade para não aborrecê-lo. Disse que eu não tivera culpa alguma. Como eu iria mandar embora um homem que só viera pedir um pouco de água? Bené me soltou, empurrando-me com força, e foi deitar na rede. Não trabalhou mais naquele dia. Passou a tarde com o olhar distante e, quando fui sair para me encontrar com Marina e ver o sol esconder-se, como de costume, ele me proibiu. Naquela noite fizemos sexo. Na minha cabeça, era Silva quem me tocava.

Silva não apareceu mais lá em casa. Tenho certeza de que ele e Bené romperam em definitivo. Seu nome era proibido de ser pronunciado até pelas crianças que sempre perguntavam por ele. De vez em quando eu o via, ao longe, olhando nossa casa. Quando percebia que eu notara sua presença, acenava com a mão. Ficávamos nos olhando por algum tempo, depois ele ia embora. Eu tinha uma vontade louca de pegar as crianças e fugir com ele.

7

Certo dia, quando vinha do córrego, já quase perto de nossa casa, com uma lata d'água na cabeça, vi um pequeno abrigo, todo de barro, feito pelo pássaro joão-de-barro. Levei um susto. Aquilo para mim era um aviso. Nós Kalunga acreditamos que o joão-de-barro não pode fazer morada próximo à casa de um casal. Qualquer "mau vivência" entre o casal de pássaros se repete na família, causando brigas, separações ou mudança do local.

Talvez eu devesse ter destruído aquele pequeno abrigo, como fiz com a árvore tamboril, que começou a crescer perto de nossa casa, lá na região dos Kalunga. Segundo nossas superstições, a árvore poderia causar a morte de um dos cônjuges. Limitei-me apenas a olhar para aquele ninho com uma sensação de mal-estar e continuei a caminhada para casa.

Já fazia algumas semanas que eu estava me sentindo enjoada, com sono. A toda hora sentia vontade de dormir. Isso não era comum para mim. Eu só dormia durante a noite. Meu dia era cheio de ocupações.

Quando me encontrei com Marina para o ensino da escrita, desabafei com ela a minha falta de ânimo e o meu enjoo. Pelo tamanho dos meus seios, que ganharam volume no último mês, eu sentia que estava grávida. Era a mesma sensação que eu sentira no início da gravidez dos gêmeos. Marina me deu os parabéns e me confessou que também queria ter uma família, que tinha vontade de casar e ter seus filhos. Mas ali, enfiada naquele fim de mundo, só poderia casar-se com alguma árvore.

Rimos juntas e, mais tarde, quando ela foi embora, fiquei pensando se eu não havia me casado com uma árvore que, embora fornecesse sombra, abrigo e alimento, vivia fechada em seu próprio mundo, silenciosa e rude. Era assim que eu via o Bené. Presente fisicamente e ausente no emocional. Não se envolvia nem comigo nem com as crianças. Parecia mais um estranho em sua própria casa.

Ele trabalhava e trazia o nosso sustento, e todo o resto era por minha conta. Mesmo assim, eu estava feliz. Teria mais um filho. Imaginei que Bené ficaria alegre por ter seu próprio filho. Eu tinha esperança de que esta criança o fizesse mais presente, mais participativo da vida em família.

Quando Bené chegou da roça, eu havia preparado um prato especial: a paçoca de carne seca que ele tanto gostava. Esperei que terminasse de jantar. Aproximei-me um pouco tímida e anunciei que eu estava grávida. Bené arregalou os olhos, como se eu houvesse falado alguma coisa do outro mundo. Eu só senti quando sua mão grossa bateu em minha face. Caí no chão. Gonçalo e Arlete começaram a chorar e vieram ao meu encontro. Bené tirou as crianças de perto de mim e mandou que elas ficassem no quarto. Eu me levantei, um pouco tonta e com o olho roxo. Bené segurou-me pelos ombros, sacudindo-me freneticamente. Gritava dizendo que aquele filho não era dele e só poderia ser do Silva. Falava que o médico lhe dissera que ele não poderia ter filhos, que eu o traíra.

Por mais que eu dissesse que não era verdade, ele não acreditava. Bateu novamente no meu rosto, minha vista escureceu e eu não vi mais nada.

Acordei com Marina ao meu lado, oferecendo-me água. Gonçalo, apesar de ter apenas seis anos, correu até a casa-grande e pediu ajuda. Bené me deixara desacordada, no chão, e saíra a cavalo. Marina estava horrorizada. Meu rosto ficara desfigurado de tão inchado. Ela me levou, juntamente com as crianças, para a casa-grande, com medo de que Bené voltasse e continuasse a me surrar. Só voltei para casa no outro dia, na companhia de seu Damião.

Bené estava na oficina. Fomos até ele. Seu Damião lhe disse que não aceitaria que aquilo voltasse a acontecer em sua fazenda. Dali para frente, eu estaria sob a proteção dele. Bené ficou de cabeça baixa, não disse nada e seu Damião voltou para a casa-grande. Bené não tocou mais suas mãos em mim. Quando fui pegar a roupa para lavar no córrego, a sua blusa estava toda suja de sangue. Fiquei assustada. O sangue não era meu. Apesar do inchaço, meu rosto não sofrera nenhum ferimento ou escoriação.

Lembrei-me da casa que o passarinho João-de-barro fizera no caminho do córrego, próximo à nossa casa. Confirmei o presságio que aquilo representava. Eu não suportava mais nem o cheiro do Bené.

Os dias se passaram e Silva desaparecera da fazenda. Seu Damião, por várias vezes, foi à nossa casa saber se tínhamos notícias do rapaz que sumira sem levar suas coisas, sem receber seu soldo.

Meu coração ficava apertado dentro do peito. Tinha uma forte impressão de que Bené dera sumiço no pobre Silva. Não parava de pensar na blusa que Bené usava na noite em que eu contara a ele sobre minha gravidez. Depois de me surrar, ele saíra, pela noite afora, sem destino.

Quando eu fui lavar a roupa no córrego no outro dia, era aquela blusa que eu havia encontrado suja de sangue. Por algum tempo, eu ainda procurava o Silva, com os olhos, na esperança de vê-lo nas redondezas, rodeando nossa casa, como fazia. Nunca mais o vi.

O silêncio era grande. As crianças ficaram com medo de Bené e pouco conversavam na presença dele. Quanto a nós, era como se não existíssemos um para o outro. Se ele estava em casa, eu saía. Estando eu em casa, Bené ia para a oficina procurar algum serviço. Só agora eu conseguia entender a sua indiferença. Ele acreditava que era estéril. Hoje eu sei que Bené apenas tinha dificuldade de conseguir engravidar uma mulher.

Aquela situação estava ficando cada vez mais insuportável. Eu estava dormindo na rede e passei a noite toda pensando no que fazer dali para frente. Quando levantei, Bené já havia saído para cuidar do gado. Comecei a arrumar minhas coisas e as das crianças. Estava decidida: não ficaria mais ali. Fiz o almoço e o esperei, sentada no tamborete que ficava do lado de fora de nossa casa. Quando Bené chegou, com o chapéu na cabeça, evitando olhar-me nos olhos, levantei e o acompanhei para dentro de casa.

— Ocá, esse minini que eu tô esperano é seu fio e se ocê num credita é mió noís... — falei rápido, assim que Bené chegou para almoçar.

— O que ocê tá falano, muié!... — foi dizendo enquanto entrava em casa. Eu continuei, acompanhando-o decidida.

— Eu tô falano que cabousse! Ocê levantô farso di mim... ocê faiz um favô... leva eu e meus minini pra riba da serra pra mode d'eu fica com mãe Iara... depois ocê vorta...

Falei sério com Bené. Minhas poucas coisas já estavam arrumadas, em sacos de algodão, em cima da mesa da cozinha. Bené ficou parado, sem nada dizer. Sei que sua mente trabalhava rápido. Peguei as crianças. Fui até a casa-grande me despedir de Marina.

Encontrei-a com febre alta, deitada em sua cama. Na cabeceira, um tanto de remédios que ela tomava.

Dona Rosália, uma senhora de idade que morava na casa-grande com o marido, ajudando seu Damião e Marina no que precisassem, entrava a todo o momento no quarto. Estava preocupada com o estado de saúde de Marina que dormia um sono agitado, virando a cabeça de um lado para o outro.

Saí com dona Rosália do quarto e fomos para a cozinha. Ela me contou que Marina tinha tuberculose e que seu pai, Damião, achou melhor trazê-la para o campo a fim de repousar e se recuperar da doença... *Pobre moça... estava tão bem... e agora esta crise... e seu Damião foi para São João D'Aliança e só chega à tardezinha... eu não sei mais o que fazer*, suspirava dona Rosália, visivelmente angustiada.

Marina nunca me contou sobre a doença. Eu achava mesmo que ela se cansava fácil, além de ser um pouco pálida. Mas, como eu nunca tive contato com gente branca, pensei que ele fossem assim mesmo, sem cor, desbotados.

Não teria coragem de deixar minha amiga sozinha. Entrei no quarto e fiquei o tempo todo ao seu lado. Quando Marina acordou, tinha olheiras debaixo dos olhos, estava bem abatida. Percebi que, quando tossia, limpava a boca com um lenço branco. Percebi-o sujo de sangue.

– Vá para casa, Berta. Não fique aqui respirando este ar contaminado. É contagioso. – alertava Marina, tossindo.

Contagioso, contaminado... eu não sabia o que significavam aquelas palavras. Marina, às vezes, falava coisas que eu não entendia... Eu disse que não tinha problema, que ficaria ali de qualquer maneira.

Quando seu Damião chegou e viu Marina naquele estado, disse que a levaria embora, no outro dia, logo cedo. Ela estava precisando de cuidados e ali não havia recursos. Marina pediu que eu fosse com ela para a cidade. Nós gostávamos muito uma da outra. Seu Damião, ao lado da cama, vendo o estado da filha, reforçou o pedido que Marina me fizera, acrescentando que precisariam de alguém para cuidar da casa, em Goiânia.

– E meus minini? – perguntei, acanhada, de cabeça baixa.

– Eles podem vir conosco. Bené fica para cuidar do gado até a nossa volta.

Aceitei. Eu queria ficar longe de Bené e fazer companhia à Marina.

Seu Damião foi comigo falar com Bené. Explicou-lhe que seria bom, pois eu ganharia algum dinheirinho e, quem sabe, na volta, poderia até comprar uma vaca. Bené disse que não aceitava. Seu Damião falou mais grosso. Impôs sua autoridade. Disse que não era um pedido, e sim uma ordem, e quando Marina recuperasse a saúde, eu voltaria.

Bené ficou me olhando contrariado. Fui à cozinha e peguei minhas coisas e as das crianças, saindo sem me despedir dele. Aquela noite eu dormiria na casa-grande e, no outro dia, bem cedo, deixaríamos a fazenda. Eu só não tinha noção de como aquela viagem mudaria minha vida.

Saímos no outro dia logo cedo. Entrei pela primeira vez num carro. Assustada, sentindo medo, olhava pela janela enquanto as rodas nos levavam adiante. As crianças, amontoadas em meu colo, apertavam minha mão. A trilha passava perto do córrego. Quando passamos, Bené estava lá, olhando de longe. Eu voltei a cabeça para trás e vi Bené. Furioso, ele chutava com força a casa que o passarinho joão-de-barro fizera. Eu deveria ter destruído aquela casa no mesmo momento que a encontrara.

Tive vontade de descer daquele carro e ficar na fazenda ao lado de Bené. Vieram à mente todas as lembranças: o dia em que nos conhecemos, a tristeza que ele sentira quando meu amigo José morreu, o beijo roubado que Bené me deu durante a festa do Vão do Moleque, o nosso casamento na fogueira, o respeito que ele tinha por mim, sabendo esperar o momento certo para me fazer sua mulher... nossa primeira noite de amor, a forma com que ele me salvou de Putdkan, deixando para trás nossa casa, nossa roça, nossa gente... Tudo para proteger a mim e a meus filhos.

Percebi que eu estava sendo injusta com ele, saindo daquela maneira, sem mesmo me despedir. É certo que ele era um homem rude, fechado, distante, sem envolvimento. Eu, que nunca havia apanhado em minha vida, nem mesmo de pai Rufino, fui apanhar logo do meu marido.

Olhei para Marina que ia no banco da frente, ardendo em febre. Não dava mais para voltar atrás. Só o tempo diria se eu e Bené ficaríamos juntos novamente.

O carro entrou na estrada de terra, uma estrada larga e diferente das estradas à cavaleira com as quais eu estava acostumada. Eu olhava para o chão que passava rápido e o carro deixava uma grande poeira para trás. Fui ficando enjoada. Sei que era o carro que saía do lugar. Para mim, que só andava a pé, a cavalo, ou no lombo de um burrico, parecia que a natureza se movia e que o sol, a toda curva, mudava de posição.

Depois de muito viajar, o carro entrou em uma estrada onde o chão era preto, liso, e o carro ganhava mais velocidade. Era asfalto. Meu olhar se perdia contemplando a estrada. Abracei as crianças com força. O carro ia tão rápido que parecia que ia voar a qualquer momento.

Marina não conversava. Apenas dormia. Seu Damião dirigia com pressa de chegar. Seu semblante estava preocupado e a toda hora ele punha a mão esquerda na testa de Marina para ver se a febre havia baixado. Ele só conversou comigo quando passamos por uma cidade muito bonita. Seu Damião, orgulhoso, apontava as construções ao redor, dizendo que ali era a nova capital do Brasil – Brasília – e que o Goiás iria ganhar um novo impulso, iria crescer, prosperar. Estradas seriam abertas. Gente de fora chegava todo dia e isso geraria renda, dinheiro para seus negócios.

Eu ficava calada sem saber o que responder. Não entendia o que ele dizia. Quando chegamos a Goiânia, o sol já estava frio, querendo esconder-se.

Eu estava enjoada. Arlete, com caminhadeira – nome que os Kalunga damos às pessoas que estão com diarreia. Gonçalo sujara, por duas vezes, o carro de vômito. Peguei um pano de algodão cru, tentando limpar o banco. Não tinha jeito. O cheiro forte e ardido tomava conta do ambiente.

Seu Damião abriu as janelas do carro. Eu, de tão enjoada e envergonhada, fiquei com um semblante amarelo. O carro parou em frente a uma linda casa. Abri a porta e saí com as crianças no colo. Disse a seu Gonçalo que eu lavaria o carro. Ele agradeceu. Havia locais especiais que lavavam carros. Eu deveria ocupar-me de cuidar de Marina e da casa que estava fechada já há algum tempo.

Eu só sabia cozinhar comida simples, feita no fogão à lenha. Quando eu entrei na cozinha fui procurando logo o fogão. Não encontrei. Seu Damião havia acomodado Marina no quarto e saiu à procura do médico. Quando voltou com o doutor, tinha nas mãos alguns legumes, verduras, carne fresca e pediu para eu preparar uma sopa para Marina, enquanto o doutor a medicava.

Eu não sabia como fazer para cozinhar. Não encontrava o fogão. Marina doente sem poder me ajudar, as crianças precisando de meus cuidados... e o bendito fogão? Onde estava? Comecei a ficar nervosa...

Quando seu Damião entrou na cozinha querendo saber se a sopa estava pronta, encontrou-me sentada à mesa, debruçada sobre meus braços que amparavam minha cabeça. Os legumes cortados num prato, a carne, em pedaços em outro, tudo cru, ainda por fazer. Ele levou um susto. Quis saber por que a sopa ainda não estava no fogo. Eu, timidamente, perguntei:

– Eu só quero sabê onde tá o fugão!?

– Ora! Não está vendo aí do seu lado? – apontou o eletrodoméstico, sem paciência.

Eu olhei em volta, e disse que *não* com a cabeça. Seu Damião foi até o fogão, ligou o gás, pegou o fósforo e acendeu o fogo. Fiquei impressionada! Aquilo era novidade para mim.

– Adianta logo o serviço que Marina está fraca.

Seu Damião ordenou nervoso e saiu resmungando alguma coisa. Só poderia estar reclamando, achando-me uma tola. Comecei a agir rápido. Morri de medo daquele fogão diferente do fogão de lenha. Dali para frente eu teria que cozinhar de outro jeito.

Os dias iam passando, Marina ficando cada vez melhor com a medicação adequada. Na cozinha, eu ainda me atrapalhava bastante. Não sabia preparar as coisas gostosas, os bolos, os pães caseiros que dona Rosália fazia tão bem. Seu Damião comia pouco e às vezes mal tocava na minha comida. Eu tinha muito que aprender.

Esperava que, assim que Marina ficasse boa, pudesse me ajudar em alguma coisa, ensinando-me a cozinhar do jeito que o pai dela gostava.

O médico era elegante e bastante jovem. Acho que, de tanto cuidar de Marina, de tanto visitá-la, de tanto se preocupar com a fragilidade da moça, acabou se apaixonando por ela. Marina ganhou um novo semblante, um brilho especial nos olhos, uma alegria que não tinha quando estava na fazenda.

Marina gostava de mim e uma das primeiras providências que tomou, no início do ano, foi matricular-me em um Centro de Ensino. Tanto eu quanto as crianças começamos a estudar. Nós Kalunga, até então, não éramos reconhecidos pelo estado de Goiás. Era como se não existíssemos. Eu e meus filhos não tínhamos certidão de nascimento. Seu Damião, a pedido de Marina – e também porque a escola exigia –, conseguiu, junto ao cartório, fazer nossos registros de nascimento. Ganhei também carteira de identidade. Foi a primeira vez que tirei uma fotografia. Mesmo com toda aquela atenção que Marina tinha por mim eu sentia muita saudade de nossa região, principalmente de mãe Iara. Ficava, como de costume, até tarde da noite olhando para o céu. Mas a noite, em nossa serra, parecia que tinha mais estrelas, mais brilho. O encanto na terra Kalunga era diferente.

A cidade com suas luzes intimidava as estrelas. Desanimada, eu seguia para o quarto, pensando em Bené, no que ele estaria fazendo, como estaria se virando.

Pelo menos quanto à alimentação ficara combinado que D. Rosália lhe ofereceria comida, enquanto eu estivesse fora.

Sentia saudade dele. Quando lembrava os tapas que ele me dera, da roupa toda suja de sangue, do desaparecimento de Silva... acho que estas lembranças faziam com que eu me conformasse. Acabava me conformando. Foi melhor que ficássemos distantes um do outro.

Certa vez fui com Marina visitar sua mãe no hospício. Fiquei, por muito tempo, com aquela lembrança na cabeça. Por trás de uma grade, Dona Merciana acariciava os cabelos da filha. Dona Merciana não me parecia uma mulher louca. Tinha apenas uma grande tristeza e abatimento que lhe tiravam a vontade de viver. Ainda hoje, quando lembro, fico pensando se o que ela tinha não seria apenas uma depressão profunda que poderia ser tratada fora do hospício. Naquele tempo, acho que qualquer atitude diferente era considerada loucura. A pobre mulher morreu alguns anos depois, isolada naquele lugar sujo e frio.

Já fazia um ano que eu estava na cidade. Marina estava noiva do médico, com casamento marcado. Seu Damião não retornara à fazenda, esperando que Marina se casasse primeiro.

Meu terceiro filho, Arlindo, já engatinhava pela casa. Impressionante como parecia com o pai: os mesmos traços marcantes, o mesmo queixo, a mesma boca.

Em uma noite fria e chuvosa. Todos já dormiam. Ouvi uma batida forte na porta. Fui atender. Quem poderia ser aquela hora?! Quando abri, levei um susto. Era Bené, todo molhado. Falou que como eu estava demorando para voltar ele resolvera vir me buscar. Eu o abracei, sem me importar com sua roupa molhada. Ele retribuiu o meu abraço. Era meu marido, e, apesar de tudo, eu ainda gostava dele.

Levei-o para o quarto dos fundos, onde eu dormia com as crianças. Bené tomou banho, trocou de roupa, sentou-se ao lado da cama e ficou olhando para Arlindo. Não falou nada, apenas acariciou a cabeça da criança. Aquele gesto foi um entendimento mútuo entre mim e ele. Estava demonstrando que aceitava Arlindo como seu filho.

No outro dia, logo cedo, Bené queria ir embora comigo e com meus filhos. Estávamos querendo voltar para a serra. Eu estava indecisa, dividida entre a grande saudade de mãe Iara, o medo dos índios e a oportunidade de frequentar uma escola.

Marina achou que não seria bom para as crianças voltarem para a comunidade. Não naquele momento.

Quando seu Damião perguntou a Bené quem ficara cuidando do gado, Bené disse que o Silva havia voltado e que o gado estava em boas mãos. No meu íntimo, sorri aliviada. Bené não tinha matado Silva, como pensei. Sofri demais cada vez que me lembrava daquela roupa suja de sangue. Quem sabe Bené só tinha dado uma grande surra em Silva, que resolveu sumir por algum tempo.

Seu Damião propôs que Bené ficasse. Eles tinham um lote vazio e ofereceram o terreno enquanto eu trabalhasse na casa deles. Seu Damião era um bom pai e fazia de tudo para agradar Marina. Eu e Bené trocamos olhares, pensando em que resposta dar à proposta oferecida. Bené era um excelente marceneiro e aceitou ficar. Construiu no terreno uma modesta casa de madeira e fez uma oficina. Não para fazer farinha, como no Vão do Moleque, mas para fazer móveis e vender, garantindo assim nossa subsistência na cidade.

Marina casou-se, tornou-se uma senhora ativa na sociedade. Quase não conversávamos mais na cozinha. Ela estava envolvida em várias obrigações. Participava de chás beneficentes e de tantas outras coisas que nos distanciavam cada vez mais.

Sentia falta de sua companhia, de sua amizade e, às vezes, tinha até um pouco de ciúmes, quando ela passava sorrindo, conversando alto, ao lado do marido, indo refugiar-se no quarto, descendo apenas quando o jantar já estivesse servido.

Eu também estava com o dia cheio de ocupações: cuidava da casa, do almoço, lavava a roupa e, no período da tarde, ia para a escola. Quando voltava, ainda tinha o jantar para fazer, a louça para lavar, as crianças para cuidar. Eu até parei de olhar as estrelas. Não sobrava mais tempo para ficar à toa, pensando na vida, perdendo-me em recordações.

O dia começava e acabava, a noite ia e vinha e eu nem percebia o tempo passar. Minha vida estava passando, meus filhos crescendo e eu aprendendo coisas novas na escola. O sacrifício valia a pena.

Como meu dia era cheio de ocupações, acabei por me acostumar com o jeito frio e reservado de Bené. Ele ganhava seu dinheiro como marceneiro. Estávamos começando a prosperar na vida. Porém, ainda enfrentávamos um inimigo oculto que nos acompanhava desde os tempos da escravidão: o preconceito velado, enrustido e latente nas atitudes e olhares das pessoas com as quais convivíamos tanto na escola quanto entre os fregueses de Bené, que o julgavam como inferior. Meus filhos mais velhos, na escola, eram muitas vezes chamados de filhos de urubu com índio.

No recreio da escola, Arlindo passeava sozinho pelo pátio com um olhar baixo. Sentia a falta de amigos. As outras crianças não brincavam com ele, e as poucas que se aproximavam corriam o risco de perder a amizade das demais. Isso me doía profundamente. O negro não era mais açoitado no corpo. Todavia, cada vez que via meus filhos sendo tratados de forma desigual, era como se eu estivesse apanhando com um chicote invisível que deixava as marcas cravadas no meu peito. Nessas horas, eu sentia uma grande vontade de deixar tudo para trás, de refugiar-me nos vãos das serras, de voltar para minha região, para meu povo que me dava valor.

Aos domingos, dias em que eu dispunha de um pouco mais de tranquilidade, sentava com meus filhos na varanda de nossa casa, contando-lhes velhas histórias que meu bisavô Nhô Tobias me contara. Eu tentava fazê-los perceber a importância de o negro buscar seu espaço no Brasil, país que, na época da colonização, fora construído às custas do nosso sangue e suor.

A cada dia Arlete e Gonçalo me questionavam mais sobre suas raízes. Perguntavam, inclusive, por que na escola eram chamados de filhos de urubu com índio. Eu nunca tinha contado a eles a verdade. Acreditavam que fossem filhos de Bené. Com o tempo, as diferenças foram ficando evidentes. Meus filhos tinham em suas veias o sangue forte dos Canoeiros. Não dava para esconder de mais ninguém que eles eram índios, nem para eles mesmos era possível continuar escondendo a verdade.

Bené tinha o hábito de tomar uma pinguinha no final do expediente. Dizia que era só um gole para esquecer os aborrecimentos. Arlete, que na época já deveria ter uns quatorze anos, chegou perto de Bené e perguntou se ele era seu pai de verdade. Bené, que havia exagerado na dose da cachaça, olhou-a nos olhos e disse, com certo desprezo no olhar, que não sabia se era pai de verdade de nenhum filho meu. Mas ela e Gonçalo eram "crias" dos índios lá da serra... Arlete arregalou os olhos e saiu correndo para o quarto.

Eu a acompanhei enquanto ela chorava, reclamando que era por isso que nunca tinha recebido demonstração alguma de carinho de Bené. Gonçalo, que estava no quarto, ficou escutando aquelas lamúrias. Não dava mais para adiar. Sentei-me junto deles na cama e contei um pouco da nossa história. Gonçalo ficou mais impressionado. Levantou-se ficando de pé em frente ao espelho que tínhamos no quarto e observava seus traços. Minuciosamente, depois de algum tempo, virou-se para mim, encheu os pulmões de ar, e, orgulhoso, disse que queria conhecer seu pai. Falei que era impossível, que eu não tinha contato com os índios, que não sabia onde encontrá-los.

Meu coração batia forte dentro do peito. Gonçalo estava decidido. Queria encontrar seu pai e nada nem ninguém poderia impedi-lo. Percebi que aquela relação sanguínea era muito forte. Como ele poderia amar um homem que jamais conhecera? Fiquei calada, esperando que o tempo resolvesse este problema para mim.

Depois da nossa conversa, Gonçalo mudou seu comportamento. Tornou-se mais autoritário. Não aceitava passivamente quando Bené aumentava a voz comigo. Começou a enfrentá-lo frente a frente. Meu filho estava crescendo. Seu tônus muscular ganhando compleição. Percebi que ele e Bené teriam problemas quando Gonçalo ficasse maior. A relação de pai e filho não existia entre eles. Gonçalo trazia muita mágoa pela indiferença recebida de Bené ao longo de sua infância.

Gonçalo não tirava da cabeça aquela ideia fixa de procurar o pai. Não era dedicado aos estudos. Já Arlete estava totalmente adaptada à vida que levava em Goiânia. Arlindo parecia-se com Bené e gozava de um tratamento diferenciado. Bené, às vezes, lhe trazia algum agrado da rua, enquanto meus filhos maiores nada recebiam. Isso me chateava.

Talvez, até sem perceber, eu acabava dando mais carinho aos filhos maiores para compensar o descaso com que Bené os tratava. Agora, olhando para trás, percebo que Arlindo guardou mágoa de mim, um ciúme de criança que não fora resolvido. Hoje, já homem feito, de vez em quando, em qualquer oportunidade, cobra-me coisas da infância que eu, até então, não percebera. Talvez possa ter errado com meu filho caçula. Não foi por falta de amor. Foi por acreditar que meus outros filhos recebiam bem menos do que ele.

Os anos se passavam e Gonçalo cismou que queria voltar para a serra. Eu também já não me aguentava de saudade de minha gente. Concordei. Programamos uma viagem para as próximas férias. Seria uma viagem difícil e de longa jornada. Embora Gonçalo não comentasse nada a respeito, eu sabia que ele estava indo na esperança de se encontrar com o pai.

Anos se passaram. Por isso, acreditei que Putdkan deveria ter dado um outro rumo para sua família.

Muita coisa já havia mudado naquele tempo. Seguimos de ônibus até o município de Cavalcante. Para subir a serra, arranjamos uma mula e dois cavalos para carregar nossa bagagem em nosso conhecido caminho: as estradas à cavaleira. Teríamos que percorrer umas oito léguas e sete serras até chegarmos ao Vão do Moleque.

O burrico, além de carregar nossas bagagens, também levava o Arlindo e eu. No outro cavalo, iam Arlete e Gonçalo. Bené, sozinho, conduzia o animal mais bravo. Eu estava excitada com a expectativa de rever meus pais. Fazia anos que não os via. Uma mistura de medo e ansiedade tomava conta de mim.

E se eu não os encontrasse? E se houvessem morrido? Saímos de Cavalcante, de madrugada, antes de o sol nascer e só chegamos à nossa região depois de um dia de viagem exaustiva.

Descemos muitas vezes dos animais, pois os caminhos eram tão tortuosos e cheios de pedras que eles tinham dificuldade de continuar. Nessas horas, íamos à frente e ajudávamos o animal, puxando-o pelas rédeas.

Ao longe, avistei a casa de meus pais. Nada mudara durante todo o tempo em que estive fora. Vi a choupana que Bené construíra para nós. Estava conservada e em bom estado. Pensei até que alguém estivesse morando lá. Apeamos no quintal, deixando os animais amarrados nas árvores que eu conhecia tão bem.

O sol começava a esconder-se atrás das serras e aquela beleza, que só existia em nossa região, deixava-nos extasiados. Sentada num tamborete, do lado de fora da casa, estava mãe Iara peneirando o arroz no quibano. Ficamos calados, à distância, até ela terminar o serviço. Eu não aguentava mais esperar. Os soluços brotavam em minha garganta. Corri para abraçá-la. Mãe Iara levou um susto tão grande que fiquei preocupada com o seu estado.

Nós nos abraçamos, nos beijamos. Apresentei meus filhos. Pai Rufino, vendo o movimento na casa, deixou o serviço que estava fazendo na oficina e veio ver o que estava acontecendo. Quando nos viu, ficou feliz, abraçando a todos, olhando os netos visivelmente emocionado. Pela primeira vez, desde quando eu deixara nossa região, a família estava reunida na cozinha. Só faltava a presença de meu querido Nhô Tobias que continuava vivo em meu coração e em minhas lembranças.

Havíamos trazido carne seca da cidade, e, depois de um bom banho, com a água da cacimba, fui fazer o jantar. Era tanta alegria, tanta coisa para conversar com mãe Iara... Quando lhe perguntei se havia alguém morando na minha casa, ela disse que não. Durante esses anos, todos os dias, ela limpava a casa, varria, cuidava do quintal, pois, a cada pôr do sol, tinha a esperança de que eu chegasse com o amanhecer... Limpei, emocionada, os olhos com as mãos. Ali era o meu lugar e eu não gostaria mais de ir embora.

No outro dia, logo cedo, Gonçalo saiu sozinho a cavalo, para conhecer as redondezas. O sol já estava se pondo e ele ainda não voltara. Fiquei preocupada com a sua demora, porém sabia onde encontrá-lo. Peguei o outro cavalo e saí em direção ao rio Paranã. Percorrendo suas margens, encontrei Gonçalo sentado numa pedra, contemplando o rio. Quando perguntei o que fazia ali, ele me respondeu que estava esperando algum sinal dos índios, quem sabe seu pai ainda estaria por perto. Eu disse que era difícil, que, na época em que eu morava ali, eles só apareciam de vez em quando e, pelo que mãe Iara havia comentado, nunca mais ninguém tinha ouvido os cantos de suas gaitas nas redondezas. Gonçalo olhou-me com o semblante sério e disse que, caso eu voltasse para a cidade, ele não iria comigo. Sentia que ali era o seu lugar e que não desistiria de continuar procurando seu pai.

Tinha tanta determinação em sua voz que eu me calei, respeitando sua decisão. Acendi a lamparina que havia trazido e voltamos em silêncio para casa. Durante todo o tempo que estivemos na serra, Gonçalo ia para o rio e ficava quieto, olhando o horizonte, e só retornava ao entardecer.

Aproveitei o tempo para renovar os objetos de serviço de pai Rufino. Fiz um novo quibano, um novo tapiti, ajudava-o no preparo com a farinha. Até Arlindo mexia, com a coipeba, a massa da mandioca no forno de barro. Somente Arlete se mantinha distante. Ela tinha no olhar uma ansiedade, uma vontade de voltar para a cidade, não conseguia se identificar com a cultura dos Kalunga, nem se importava ou demonstrava interesse em procurar seu pai, como fazia Gonçalo. Para ela, tudo aquilo fazia parte de um mundo que não lhe pertencia. Isso me entristecia. Para mim, ser Kalunga sempre foi motivo de orgulho.

Bené, ao lado de pai Rufino, parecia um outro homem. Conversava descontraído, perguntava sobre as novidades. Pai Rufino nos contou que o pessoal lá de baixo já estava começando a descobrir nossa existência e que no começo ele ficara reticente. Na verdade, os que vieram foram recebidos com certa hostilidade.

Os Kalunga tinham medo de que, com a presença do homem branco, circulando a nossa região, a escravidão voltasse a existir. Falou-nos de uma mulher chamada *Mari de Nazaré Baiocchi*, conhecida, carinhosamente, pelos Kalunga, como Meire. Ela era uma antropóloga, guerreira e desbravadora. Havia conquistado o respeito de nossa gente. Lutava pelos direitos de nosso povo, pela regularização de nossas terras, por benfeitorias, sem deixar que perdêssemos a nossa cultura milenar. Identifiquei-me com aquela mulher, mesmo sem conhecê-la. Ela estava fazendo o que eu gostaria de fazer. Contudo, eu não tinha estudado o suficiente para entender leis e outras coisas necessárias para a defesa dos direitos de nosso povo. Na verdade, eu nunca me engajara em nenhuma luta pela defesa dos negros, a não ser a minha luta diária, na qual era obrigada a conviver com a discriminação racial.

As férias estavam acabando. Bené não poderia ficar mais, pois, como marceneiro, estava ganhando algum dinheirinho e, quem sabe, quando a velhice chegasse, ele se refugiaria em nossa região buscando descanso e sossego.

Arlete estava sufocada. Não via a hora de ir embora. Arlindo, eu sei, caso eu pedisse, faria a minha vontade. Gonçalo ficaria morando com os avós. A cidade não era lugar para ele. Nunca me senti tão dividida. Acho que, se fosse ao contrário, se Arlete quisesse ficar e Gonçalo ir, eu optaria por ficar em minha terra. Não por amar menos a Gonçalo. Na verdade, ele era meu grande companheiro, era quem me defendia de Bené se necessário.

Arlete era uma moça vistosa, meiga e dependente. Eu não tinha coragem de deixá-la aos cuidados de Bené e, se a vontade dela era voltar para a cidade, para mim, o meu dever de mãe seria acompanhá-la. No dia da partida eu estava triste por ter que deixar, mais uma vez, a minha gente. Deixaria Gonçalo com os avós. De certa forma, isso acalmava o meu coração. Meu pai precisava de sangue novo para ajudá-lo nos serviços pesados. Além de que havíamos combinado que Gonçalo, todo mês, iria a Cavalcante e me enviaria uma grande carta contando todas as novidades. Aí eu teria notícias tanto dele quanto de mãe Iara e pai Rufino.

8

A primeira carta de Gonçalo demorou a chegar. Era uma carta longa. Ele escreveu que meus pais estavam em perfeita saúde. Falava, também, da sua luta na busca de encontrar alguma notícia dos índios. Contou-me que, em contato com pessoas da cidade de Cavalcante, ficou sabendo que este grupo de índios, desde a década de 1970, passara a ser conhecido como Avá-Canoeiros e que o presidente da Funai havia interditado uma grande área, localizada nos municípios de Cavalcante e Minguaçu, em Goiás, para preservar as áreas de perambulação indígena.

Gonçalo estava decidido a ir até lá. Pediu-me dinheiro para ajudar nas despesas. Ele já dispunha de alguma quantia conseguida por meio da venda de farinha na cidade de Cavalcante, mas não o suficiente.

Revirei um pequeno pote que guardava dentro da minha gaveta da cômoda e tirei todas as minhas economias. Eram poucas. Eu precisava ajudar Gonçalo de alguma maneira. Confesso que o desejo de meu filho encontrar suas origens indígenas me perturbava bastante. Tinha receio de que alguma coisa ruim acontecesse a ele. Entretanto, não poderia continuar mais a privá-lo de conhecer seu verdadeiro pai. Caso ele optasse por tornar-se um nômade, como os Avá-Canoeiros, sei que eu ficaria triste e preocupada. Gonçalo já tinha dezessete anos, e sempre fora independente e responsável, embora os estudos nunca lhe despertassem muita atenção. Já estava na hora de ele decidir sobre sua própria vida.

Certa vez, eu passei a manhã angustiada na cozinha da sinhá Marina por conta de minha filha Arlete. Para continuar seus estudos, precisaria de dinheiro para pagar a Faculdade. Doía-me vê-la sendo sempre preterida nos empregos que procurava para trabalhar como secretária, por alguma moça branca e de cabelos mais lisos. Quantas portas lhe foram fechadas ou os salários oferecidos eram tão ínfimos que não seria possível nem sonhar com a possibilidade de ter um diploma!

Arlete não queria trabalhar na casa dos outros como empregada. Eu lhe dava razão. Nem toda patroa seria igual à dona Marina. Minha filha era uma moça estudada, tinha condições de ter um bom emprego.

Fazia tempo que Marina não aparecia na cozinha para conversar comigo. Todavia, naquele dia, ela chegou e sentou-se à mesa, sem pressa de ir embora. Estava grávida e o seu marido, sendo médico, lhe recomendara repouso para poupar a criança que se formava em seu ventre.

Lembrei-me das vezes em que eu ficara grávida, de todo o esforço que fazia, das latas d'água que levava na cabeça, buscadas na cacimba, em épocas de seca. Marina falava de tantas coisas, do enxoval, dos móveis, da decoração do quarto da criança. Eu não conseguia me concentrar naquela conversa, não conseguia tirar da cabeça o sonho de Arlete e a dureza de coração de Bené que lhe dissera que não ajudaria a custear seus estudos. Ela precisava aprender a conseguir as coisas com seu próprio esforço.

Mesmo sendo esforçada, como custear seus estudos sem conseguir emprego? Marina percebeu minha preocupação e me perguntou se eu estava precisando de alguma coisa. Sentei-me à mesa, ao seu lado, e contei-lhe tudo o que estava acontecendo. Marina segurou as minhas mãos e pediu para que eu não me angustiasse. Ela falaria com seu marido e arrumaria uma vaga de secretária na clínica dele. Agradeci. Não falei nada para não desanimar Marina. Pelo pouco convívio que eu tinha com Matias, seu marido, pude perceber que ele fazia questão de impor uma barreira fria entre nós, onde o cumprimento matinal era apenas uma obrigação para com os serviçais da casa.

Depois de alguns dias, Marina me procurou. Não tinha nos olhos a mesma esperança de quando falara comigo sobre o emprego de secretária. Escolhendo as palavras, com cuidado, disse-me que a vaga de secretária já havia sido ocupada. Porém, caso Arlete se interessasse, poderia trabalhar como copeira, onde faria café e cuidaria da arrumação da clínica. Aceitei. Arlete precisava de alguma ocupação e eu me esforçaria ao máximo para ajudá-la de alguma forma.

Lembro-me do desânimo de minha menina quando chegou depois do primeiro dia de trabalho. O seu semblante demonstrava uma decepção, uma desilusão com o mundo. Ela era tão jovem e tão capaz. Quando nos sentamos lado a lado na cama para conversarmos, Arlete contou-me do despreparo da secretária, da insegurança que demonstrava em executar serviços básicos e da dificuldade em fazer contas para devolução do troco das consultas aos pacientes.

Quando isso acontecia, ela corria na cozinha e pedia ajuda para Arlete, que fazia as contas. Na presença dos médicos, a secretária tinha uma atitude esnobe, agindo como se superior fosse, inclusive reclamando do gosto do café servido por Arlete. Acho que ela agia assim por medo ou até mesmo para esconder sua insegurança, apoiando-se apenas em sua aparência. Na verdade, a pobre moça era apenas um ovo seco. Branquinha por fora, oca por dentro. Era assim que eu incentivava Arlete. Fazendo-a perceber que deveria continuar lutando, e orgulhar-se de sua cor e dos traços africanos e indígenas que se misturavam em seu rosto, e que lhe davam um semblante exótico e diferente.

Falava-lhe que era preciso olhar a vida por seus próprios olhos. E não deixar que a insegurança, por medo do outro, tomasse conta de sua alma. Na verdade, todos éramos iguais: brancos, pretos, índios. Não importava a origem da pessoa, uma vez que todos nós carregávamos dentro do peito um diamante muito precioso. Infelizmente, os que nos rotulavam queriam, na verdade, ofuscar nosso brilho interior. Se Arlete se curvasse, estaria contribuindo para ofuscar a beleza de seu diamante. Ela não poderia permitir isso.

O que importava mesmo era sua capacidade, a honestidade que tinha no coração e a coragem de enfrentar todas as dificuldades e ser uma vencedora. Estava escrito nas estrelas que Arlete ainda seria uma grande mulher. A mesma estrela que brilhava no céu resplandecia no coração de minha filha. Ela tinha uma estrela no peito e eu sabia que isto faria a diferença.

No final do mês, quando Marina me pagou o soldo, percebi que ela aumentara o meu salário. Quando perguntei o porquê daquela boa diferença, ela disse que era para ajudar a pagar os estudos de Arlete. O salário da clínica não era suficiente. Meus olhos encheram-se de lágrimas. Marina era realmente uma pessoa especial. Beijei-lhe a face em agradecimento. Muito mais que patroa, Marina tratava-me como amiga.

E assim, eu trabalhando de um lado e Arlete esforçando-se do outro, foi que minha filha entrou na faculdade. Ingressou no curso de Direito, seria advogada. Eu tinha a esperança de que algum dia ela fizesse o que eu nunca conseguira fazer: lutar pelos direitos dos negros. A escravidão continuava presente nos acorrentando com correntes invisíveis. As mesmas oportunidades que os brancos tinham nos eram negadas, deixando-nos à margem da sociedade.

Recebi outra carta de Gonçalo. Peguei o envelope. Estranhei o fato de ele me escrever em uma distância de tempo tão curta da carta anterior. Ao lê-la, podia quase sentir a excitação de Gonçalo quando ele escrevia, muito animado e de maneira envolvente, dizendo que possivelmente havia encontrado seu pai. Conhecera um homem chamado Putdkan numa área isolada pela Funai. Pedia, ou melhor, pela forma como escrevera, estava quase me intimando a ir encontrar-me com ele para seguirmos juntos até a reserva para que eu pudesse, olhando nos olhos do índio, confirmar se era o pai dele.

Minhas pernas ficaram sem forças e eu procurei apoio no velho sofá da nossa modesta casa. Meu coração batia forte, minha boca ficou seca e eu não conseguia emitir som para responder alguma coisa à Arlete que estava ao meu lado, olhando-me preocupada. Eu havia largado tudo para trás: minha região, minha casa, minha roça, meus pais e parentes. Tudo para fugir de Putdkan e, naquele momento, a vida tentava me colocar diante do fantasma de um homem que eu tentara esquecer. É certo que eu nunca conseguira esquecer aquele rosto. Jamais poderia. Olhar para Gonçalo era o mesmo que ver a imagem de Putdkan ali refletida. Quando Gonçalo resolvera sair à procura de Putdkan, não acreditei que ele conseguiria; só a possibilidade de me encontrar com aquele índio me enchia de medo. Comecei a chorar e Arlete tirou a carta de minhas mãos, lendo-a apressadamente. Quando terminou, sentou-se ao meu lado, abraçou-me e disse tranquila:

— Nós iremos juntas. A senhora precisa enfrentar o seu passado. E eu também quero conhecer esse homem.

Bené, quando soube, não aceitou e disse que eu não iria, que não tinha o menor cabimento e, pela primeira vez, na falta de Gonçalo, vi Arlete tomando as rédeas da situação, impondo sua força e personalidade. Disse a Bené que iríamos, as duas, ao encontro de Gonçalo. Isso era coisa certa e decidida e que não havia nada que ele pudesse dizer ou falar para impedir que esclarecêssemos os mistérios em torno do seu pai. Bené olhou-a, de cima a baixo, deixando transparecer sua raiva. Arlete não se curvou. Sem medo, colocou-se à minha frente como para me proteger. Bené saiu. E só voltou tarde da noite, totalmente bêbado. Eu preferi não falar nada. Nem ele tocou mais no assunto.

Meu filho e eu trocamos outras cartas e combinamos de nos encontrarmos numa cidadezinha chamada Alto Paraíso, em Goiás. Marina antecipou minhas férias e parti com Arlete ao encontro de Gonçalo. Arlindo, que já era um rapazinho, ficou. Sabia se cuidar muito bem. Segui com minha filha numa aventura que me deixava quase sem fôlego.

Já em Alto Paraíso, encontramos com Gonçalo. Seguimos a cavalo para uma região onde estava sendo construída a hidrelétrica Serra da Mesa. Os índios ficavam, conforme Gonçalo havia me dito, no Córrego dos Macacos e o caminho mais curto para se chegar até lá era passando pelo canteiro de obras de Furnas.

Seguíamos em silêncio. Estávamos com três cavalos emprestados de um conhecido de Gonçalo. Esse conhecido morava em Alto Paraíso e estava ajudando meu filho na busca pelo pai.

Levávamos muitos mantimentos e carne seca. Eu estava tão tensa e ansiosa que quase não conversava. Nem mesmo a agitação do canteiro de obras de Furnas chamou minha atenção. Arlete e Gonçalo iam à frente, enquanto eu revivia, em minha mente, toda a experiência ao lado de Putdkan. Se eu estava ali procurando o Córrego dos Macacos, fazia unicamente por Gonçalo. Eu tinha um grande receio de me encontrar com Putdkan. Comecei a pensar que tudo seria apenas uma coincidência, que Gonçalo estaria enganado e que aquele que procurávamos não seria seu pai. Somente pensando dessa maneira consegui acalmar um pouco meu coração, que batia fora do compasso.

Ao longe, pude ver algumas ocas iguais àquela em que eu vivi ao lado de Putdkan. Gonçalo me disse que os índios Ava-Canoeiros que perambulavam pela região de Goiás foram levados para aquela área. Isto veio confirmar o que eu acreditava: havia outros pequenos grupos de Canoeiros vivendo escondidos nas matas de forma nômade.

Gonçalo já estivera ali outras vezes e sabia bem o caminho. Paramos ao lado de uma pequena oca quando meu filho constatou:

— É aqui. Apeamos.

Eu fiquei do lado de fora da oca, sem coragem de entrar. Gonçalo completou dizendo que Putdkan quase não saía da oca porque sua saúde estava debilitada. Ele vivia só. Do seu pequeno grupo, não restara ninguém.

— Como ele vive? — perguntei, querendo conversar um pouco antes de entrar na oca.

— Os outros índios ajudam. Aqui perto tem um posto da Funai que presta assistência a ele. Vamos, mãe. — puxou minha mão insistentemente.

Respirei fundo. Entrei. A oca estava escura. Já anoitecia. O cheiro forte de urina exalava no ar. Gonçalo pegou uma lamparina para iluminar quem estava lá: o índio, deitado na rede. Em seu olhar havia uma tristeza profunda. A mesma tristeza que eu vira nos olhos da mãe de Marina, antes de ela morrer.

Aproximei-me da rede e Putdkan fixou os olhos em mim por um longo tempo. Senti um arrepio percorrer o meu corpo. A imagem que eu via em minha frente era apenas a de um homem abatido, cansado de tanto lutar e sofrer. Não havia mais vestígio de ódio em seu semblante. Não havia mais o ódio que eu vira estampado no seu rosto quando ele me encontrara, já casada, na região dos Kalunga. Foi o medo daquele ódio que me fez deixar minha terra.

Ali estava a imagem de um homem maltratado pela vida. Putdkan segurou em minha mão e disse: "cunham semicato". Estas foram as primeiras palavras que ele havia me dito há tempos atrás. Significavam "moça bonita". Chorei compulsivamente. Gonçalo e Arlete também choravam. Estavam diante do homem a quem nunca tiveram a oportunidade de chamar de pai.

Armamos nossas redes na pequena oca. Naquela noite não consegui dormir um só minuto. De madrugada, levantei-me e fui olhar as estrelas. Fiquei contemplando o céu por longo tempo. Quando percebi, Arlete estava ao meu lado. Nós tínhamos uma grande empatia. Às vezes, mesmo quietas, percebíamos os sentimentos uma da outra.

Minha filha sentou-se perto de mim e inclinou sua cabeça no meu ombro. Segurou em minhas mãos. E me agradeceu pelo fato de eu ter tido a coragem e a ousadia de fugir de Putdkan.

Perguntei-lhe se ela estava feliz por ter encontrado o pai. Contou que sim. Se eu tivesse me acovardado, com certeza, teríamos tido o mesmo triste destino de Putdkan. E nem teríamos a oportunidade de poder ajudá-lo. Estaríamos na mesma situação que ele. Foi como se Arlete tivesse tirado um grande peso de minhas costas. Eu estava me sentindo culpada por não ter dado nem a Putdkan nem aos meus filhos a oportunidade de se conhecerem antes.

Vendo as coisas sob o ponto de vista de minha filha, tive a certeza de que eu tomara a melhor decisão.

Gonçalo, ao contrário de Arlete, tivera uma postura diferente. Ao acordar, no outro dia, tratava-me de forma ríspida. Em suas palavras, em seus gestos, todo o seu ser me culpava por tê-lo privado da companhia de seu pai. Putdkan estava muito abatido, e uma jovem índia aproximou-se timidamente. Trazia uma mistura de ervas e entregou-a a Putdkan, que bebeu o líquido como se fosse um remédio. Perguntei-lhe o nome, que era Tuwiai. A índia cuidava de Putdkan. Ela não tinha família, mas encontrara em Putdkan um amigo.

Quando, mais tarde, Gonçalo chegou, Putdkan chamou-o para perto da rede, segurou-o pelas mãos e disse emocionado "ci nije-tô-wattô", que quer dizer "meu filho". Gonçalo era um rapaz alto, forte, destemido e parecido com o pai. A força da origem, a força do sangue os atraía. Meu filho desdobrava-se em cuidados, querendo recuperar o tempo que ficara distante de Putdkan.

O índio já havia sido "amansado", ou melhor, tanta coisa havia mudado. Putdkan tinha um maior contato com os funcionários da Funai, dependia deles para alimentar-se, além dos empregados de Furnas que o tratavam muito bem, ajudando-o no que fosse preciso.

Putdkan falava um pouco a nossa língua. Entendia e respondia quando conversávamos com ele. Quando estávamos a sós, perguntei sobre o que acontecera a Natchaly e ao resto do grupo. Putdkan tornou-se um homem sensível, que chorava, demonstrando suas emoções. Esse lado eu não conheci naquela época. Eu sabia que os Avá-Canoeiros eram inimigos dos índios Javaé. E Putdkan, com o olhar distante, demonstrava um grande sofrimento, como que se aquele assunto mexesse fundo na ferida ainda aberta dentro do peito.

Em um português arrastado, contou-me que uns índios altos, de cabelos longos, mataram Natchaly e suas tias numa emboscada, com pesadas bordunas (uma espécie de cacete indígena). Seu outro filho, Tuiakan, também havia morrido nas mãos dos capangas de fazendeiros. Vi a revolta em seus olhos, a impotência e o desânimo diante da vida. Toquei levemente os seus cabelos e, pela primeira vez, senti um grande carinho e uma vontade de proteger o pai dos meus filhos.

Devido às frequentes explosões das pedreiras para a construção da usina de Serra da Mesa, o posto da Funai seria transferido para a mata do Severino, um local mais distante do canteiro de obras de Furnas. Gonçalo, que já queria motivo para justificar seu pedido, me falou que gostaria de levar seu pai para morar lá na serra, na região dos Kalunga, mais precisamente na minha casa, ao lado da casa de meus pais.

Fiquei assustada com aquele pedido que quase parecia uma imposição. Não parei para pensar no que Bené iria dizer, ou se pai Rufino e mãe Iara aceitariam aquela nova situação. Não respondi com a razão, deixei meu coração falar mais alto. Disse a Gonçalo que poderia levar Putdkan para morar em minha casa, na região dos Kalunga. Meu filho me abraçou. Percebi quão importante era para ele a presença do pai ao seu lado.

Ficamos ali por ainda alguns dias até Putdkan sentir-se um pouco melhor e mais forte para seguir viagem. Nesse curto período, a jovem índia não saía de nossa oca. Olhava Gonçalo, o qual retribuía a atenção visivelmente envolvido. Ficavam até tarde da noite conversando, sob a luz das estrelas e o calor da fogueira. Quando chegou o dia da nossa partida, Gonçalo comunicou-me que levaria também a jovem Tuwiai. Arlete olhou para mim, assustada, ao ver as coisas acontecendo daquela maneira, sem nenhum planejamento.

Gonçalo envolvia-se cada vez mais com os índios, de uma forma intensa e profunda. Ele era apenas um rapaz inexperiente. Não havia completado os dezoito anos ainda. Eu poderia dizer que não, que seria uma loucura da parte dele. Sei que era isso que Arlete esperava ouvir de mim. Porém, eu já havia percebido, há algum tempo, que a vida de Gonçalo não tinha rédeas. Parecia mais um cavalo indomável, seguindo o rumo de seu próprio destino. Apenas lhe perguntei se ele sabia o que estava fazendo e, ao perceber a segurança em seu olhar, abracei Tuwiai e dei a eles a minha bênção.

Seguimos todos para Alto Paraíso. Arlete e eu dividimos o mesmo cavalo. Gonçalo levava a jovem Tuwiai na garupa de seu animal, ficando Putdkan com o cavalo mais manso. Era uma viagem cansativa e demorada. Montamos acampamento e dormimos na mata para poupar Putdkan. Ele precisava de cuidados especiais. Gonçalo tomava todas as iniciativas. Quando paramos para pernoitar, meu filho fez uma fogueira. Preparou a carne salgada num espeto.

Quando deitei na rede, fiquei observando Gonçalo e Tuwiai conversarem ao lado da fogueira. Formavam um lindo casal. Putdkan estava feliz. Sua raça, em extinção, tinha agora a oportunidade de perpetuar a espécie com a união de nosso filho com daquela pequena e corajosa índia.

Quando chegamos ao Alto Paraíso, Gonçalo devolveu os cavalos do conhecido que ficou feliz vendo o filho trazendo o pai Putdkan. Seguimos de ônibus até Cavalcante, em Goiás. De lá, Gonçalo arranjou alguns animais para que subíssemos a serra. Seguimos mais de sessenta quilômetros, tentando cortar caminho entre as serras até chegarmos ao Vão do Moleque, na região de Maiadinha.

Ao longe, avistei pai Rufino na varanda sentado num tamborete do lado de fora da casa. Entardecia. Meu coração batia forte e descompassado pela alegria de rever meus pais e pelo medo por não saber ao certo qual seria a reação deles. Quando pai Rufino percebeu que éramos nós, levantou-se e gritou à mãe Iara para que ela pudesse escutar lá no fundo do quintal. Ele veio em nossa direção, sem esperá-la, caminhando devagar. O peso da idade começava a impor sua força. Pai Rufino não tinha o mesmo vigor de antigamente.

Gonçalo apeou o animal, ajudando Tuiwai a descer. Putdkan também desceu e ficou parado ao lado de meu filho. Eu continuei sentada no cavalo com Arlete me segurando pela cintura. Minhas pernas não tinham forças para se locomoverem. Estavam moles, todo o meu corpo era só ansiedade.

Pai Rufino permaneceu sério, esperando alguma explicação. Gonçalo achava natural levar seu pai e uma índia para morar na minha casa, dividindo o mesmo quintal com meus pais. Mãe Iara aproximou-se devagar, nada falou. Percebeu a tensão que tomava conta do ambiente. Gonçalo passou o braço no ombro de Putdkan, e, satisfeito, apresentou-o ao avô.

Eu nunca imaginei que a reação de pai Rufino seria tão rude. Acho que toda a raiva que ele sentia por Putdkan explodiu naquele instante.

Ficaram bem próximos, um encarando o outro. Meu pai serrou o punho da mão direita e deu um soco violento no rosto de Putdkan. O índio caiu inconsciente. Gonçalo não sabia se acudia o pai ou se tomava satisfações com o avô.

Pai Rufino era altivo e impunha respeito. Ele olhou para Gonçalo com desprezo e saiu calado. Gonçalo agachou-se para acudir Putdkan. Arlete desceu do cavalo e me ajudou. Eu estava fraca demais para alguma coisa. Fui ao encontro de mãe Iara. Ela me abraçou partilhando comigo aquele momento tão difícil. Não precisamos dizer nada, só o nosso abraço nos confortava.

Seguimos todos para minha casa na qual Gonçalo morava sozinho, até então. Estávamos todos cansados e com fome. Mãe Iara foi para a casa dela fazer alguma coisa para comermos. Pai Rufino proibiu. Dizia que Putdkan jamais comeria da comida deles. Mãe Iara fez que concordou, e esperou que ele dormisse. Mais tarde, apareceu lá em casa trazendo comida. Deixou a panela de barro sobre a mesa e voltou rápido para que pai Rufino não percebesse. Estávamos famintos. Comemos como se a comida fosse fugir da panela. Depois da refeição, arrumamos nossas redes e deitamos. Pensaríamos no banho só no outro dia.

Eu entendi a reação do meu pai Rufino. Afinal de contas, tratava-se de um homem que me roubou de minha casa. O índio me violentou, abusou de mim. Tive que sair de minha terra, da minha região, viver longe da minha família. Logo eu, a única filha. Meus pais colocavam em mim toda a esperança de amparo na velhice.

Nunca tinha sentado com meu filho e lhe contado minha história. Passei a manhã fora com ele e conversamos bastante. Pedi que tivesse paciência com pai Rufino. A mágoa que sentíamos por tudo que Putdkan nos obrigara a passar era grande. Parecia uma ferida que não curava nunca, principalmente para meus pais que passaram longe de mim e dos netos por tanto tempo.

Quando chegamos, Tuwiai já estava com o almoço pronto. Um pouco de carne seca, arroz e milho que mãe Iara, escondido do meu pai, levara para ela. Tuwiai não tinha o costume de cozinhar em casa, principalmente depois que a Funai os amparou. Os índios achavam que a Fundação tinha por obrigação cuidar deles. Mas não era este o objetivo da Funai. Pelo contrário, ela se esforçava para que os índios voltassem às suas antigas tradições, quando ainda viviam em aldeias, cultivando e preparando o próprio alimento, sem ter a necessidade de subtrair dos colonos e fazendeiros o necessário para o seu sustento.

Para quem praticamente não cozinhava, Tuwiai fez um bom almoço. Acho que se esforçou ao máximo para agradar Gonçalo.

Só mais tarde criei coragem para ir à casa de meus pais. Pai Rufino estava na oficina. Ele se ocupava em colocar a massa da mandioca no tapiti. Apesar de ter percebido minha presença, continuou o serviço por algum tempo, sem desviar o olhar do que estava fazendo. Ele não aceitaria que Putdkan permanecesse em nossas terras.

Conversei com meu pai, falei sobre as dificuldades pelas quais Putdkan estava passando. Sem família, sem ninguém, do amor incondicional que Gonçalo demonstrava sentir por aquele índio, pedi que cedesse um pedacinho de terra para eles, bem mais distante de onde ele e mãe Iara viviam. Pai Rufino prometeu pensar. Eu sabia que no fundo ele amava o Gonçalo e que acabaria por aceitar aquela nova situação em nome do amor ao neto.

Já no outro dia, mãe Iara foi até a minha casa dizendo que pai Rufino queria conversar comigo. Quando cheguei, pai Rufino pôs o chapéu na cabeça e pediu que eu o acompanhasse. Ao chegarmos a um local distante, ele disse que, se Gonçalo quisesse realmente ficar com aquele índio, teria que ser ali. Olhei em volta e agradeci a São Sebastião e à Nossa Senhora da Conceição.

Pai Rufino, por mais raiva que tivesse de Putdkan, tinha um bom coração. Sorri para mim mesma ao perceber que o local que pai Rufino escolhera ficava numa área com a declividade acentuada de forma tal que Gonçalo poderia ser vigiado, de longe. Pai Rufino poderia, à distância, acompanhar o que estivesse acontecendo com seu neto.

Estávamos em época de festa. Pai Rufino e mãe Iara praticamente não participavam mais das festividades. Achavam cansativo sair de casa a cavalo e acampar no espaço sagrado. Gonçalo me disse que queria casar na fogueira e gostaria da minha bênção. Seguimos, no outro dia, para o espaço sagrado. A festa já havia começado há alguns dias, e, naquela noite, ao ver meu filho se casando na fogueira, da mesma forma que eu e Bené, não consegui conter minhas lágrimas.

Durante toda a celebração, pedia aos santos que os abençoasse e os fizessem felizes. Arlete não foi para a festa. Ela ficou ao lado dos avós, aliás, passava o tempo todo com eles. Dormia na casa deles e aproveitava ao máximo a companhia da avó. Putdkan, com o seu charuto, observava de longe o casamento do filho. Vi a felicidade nos seus olhos. Ali começava uma nova vida.

Quando chegou o dia de partirmos, Gonçalo deixou Putdkan e Tuwiai preparando a madeira para a construção da nova casa, seguindo comigo e Arlete para Cavalcante, em Goiás.

Antes de entrar no ônibus, abracei forte meu filho. Queria fazer mil recomendações, mas as palavras fugiam da minha boca. Só meus olhos falavam por mim. Arlete o abraçou também. Entramos no ônibus para nossa volta a Goiânia.

Durante a viagem, eu e Arlete conversamos muito. Minha filha me aconselhou a não contar nada para Bené, pelo menos por enquanto. Se pai Rufino foi violento, seria possível que Bené tivesse a coragem de matar Putdkan. Eu não sabia mentir. Meus olhos me traíam e me denunciavam. Disse a ela que seria melhor enfrentar a verdade agora. Mais tarde seria ainda pior. Reclinei a cabeça na poltrona e dormi durante o trajeto. Estava cansada demais. Não sabia como contar as coisas a Bené sem que a notícia causasse estardalhaço.

9

Quando chegamos, já era noite. Bené saíra. Apenas Arlindo dormia no sofá da sala, talvez cansado de esperar o retorno do pai. Acomodei-o na cama sem que ele acordasse. Tomei banho. Beijei Arlete e fui dormir.

Percebi que Bené chegara. Ele fez barulho, esbarrando nos poucos móveis da sala. Entrou no quarto cambaleando. Bené não sabia que eu estava em casa. Acendeu a luz e tirou a roupa. Quando me viu, aproximou-se. Estava bêbado. O cheiro forte de álcool exalava no ar. Fechei os olhos fingindo dormir. Bené não se importou e começou a despir-me. Virei de costas, pedindo que me deixasse em paz, que eu estava cansada da viagem.

Ele sorriu, com desprezo. Malicioso, perguntou do que eu estava cansada: *da viagem ou de matar a "saudade" do índio?* Estranhei a pergunta, sem sentido. Porém, enquanto fazia sexo comigo, perguntava-me se Putdkan era melhor que ele.

Arremessava com força seu membro dentro de mim, de forma agressiva e com muita raiva. Fiquei com medo dele. Por um instante, dei razão à Arlete. Talvez fosse melhor não falar nada. Não sabia do que ele seria capaz. Bené não demonstrava sentir amor, apenas um ciúme doentio, um sentimento de posse, que me amedrontava, fazendo-me calar. Eu vivia enfrentando dois tipos de violência: a do preconceito das pessoas e a violência dentro do lar.

No outro dia, durante o café da manhã, Bené não tocou no assunto. Eu, sem rodeios, contei que Putdkan estava morando com Gonçalo e sua esposa em nossa região. Eu conhecia bem aquela expressão que se estampava no rosto de Bené. Os olhos arregalados, a boca cerrada, a face dura de ódio. Ele se levantou. Eu permaneci sentada, quieta, como se não estivesse dando importância ao fato.

Arlete entrou na sala, posicionando-se na minha frente. Ele a empurrou violentamente como se Arlete fosse uma coisa qualquer, sem importância. Eu reagi indignada com aquele comportamento. Levantei. Peguei a cadeira na qual estava sentada e a arremessei contra a cabeça de Bené. Ele cambaleou. Colocou a mão na testa, de onde escorria sangue.

Arlindo entrou na sala, já vestido com o uniforme da escola e começou a chorar. Arlindo tinha uns onze anos. Quando Bené se recuperou do susto, vindo novamente em minha direção, meu filho, mesmo pequeno, o segurou pela blusa pedindo que parasse.

Bené era muito apegado a Arlindo. O medo no rosto do filho fê-lo calar-se. Pegou o chapéu, colocou-o na cabeça e saiu em direção à oficina. Eu sentei na cadeira. Coloquei Arlindo no colo, tentando acalmá-lo. Decidida a encarar os fatos, terminei de me arrumar, levei Arlindo para a escola e segui para a casa de Marina. Precisava retomar os meus serviços. As férias estavam acabando.

À noite, quando retornei, encontrei Bené deitado na rede da varanda. Ele olhava o céu, perdido em pensamentos. Entrei em casa calada. Segui direto para a cozinha. Ainda tinha muito serviço para fazer. Arlete não tinha chegado. Arlindo brincava no quarto sozinho. Eu estava de costas, lavando a louça e pensando no que prepararia para o jantar, quando Bené me puxou violentamente pelo braço. Na verdade, eu já esperava algum tipo de reação da parte dele. Tive medo. Bené soltou que Silva escapara da morte, mas Putdkan estava marcado para morrer e que não havia nada que eu pudesse fazer para impedi-lo.

Eu iria dizer que, caso ele agisse daquela forma, estaria desgraçando as nossas vidas. Bené não ficou para escutar. Entrou no quarto, pegou a mochila que já estava pronta e saiu. Fui atrás dele, implorando pelo amor de Nossa Senhora da Conceição que não fizesse uma bobagem daquelas. Segurei-o pelo braço. A única resposta que tive foi um empurrão. Caí no chão sujo da rua. Levantei envergonhada. Os vizinhos olhavam curiosos. Voltei para casa chorando, desesperada, sem saber o que fazer.

Esperei Arlete chegar. Eu andava de um lado para o outro, ansiosa. Quis sair correndo para alertar Gonçalo. Ao ver minha filha entrar em casa, cansada de mais um dia de estudo e trabalho, contei-lhe como Bené saíra e o que pretendia fazer. Choramos, porque, de qualquer maneira, Bené chegaria primeiro que nós. Possivelmente não conseguiríamos evitar uma tragédia. Então fizemos a única coisa que poderíamos fazer: acender velas e pedir aos santos que cultuávamos a proteção para meu filho e Putdkan.

Eu não conseguia trabalhar direito. Não dormia, não comia. Estava entregue ao meu desespero. Não contei a Marina o que estava acontecendo comigo. Tinha medo de tudo. Inconscientemente, tentava proteger Bené, porque, caso viesse a matar o pai dos meus filhos, ele poderia acabar sendo preso. Eu estava dividida. Tinha receio de que alguma coisa de ruim acontecesse a Gonçalo.

Um mês se passou sem que chegasse notícia de Bené ou de Gonçalo. E de repente, ouvi batidas na porta. Corri para abri-la. Levei um susto quanto Gonçalo entrou, empurrando Bené porta adentro. Bené estava todo machucado. No rosto havia um grande curativo. O braço direito estava imobilizado com uma tala de buriti. Gonçalo me disse que só não o matara em consideração a mim, mas, caso voltasse a atentar contra a vida de seu pai, não responderia por seus atos.

Eu o abracei emocionada. Não conseguia controlar meu choro. Numa prece silenciosa, agradeci a Nossa Senhora da Conceição e a São Gonçalo. Ninguém morreu. Bené estava abatido. Sentia dores. Seguiu para o quarto de cabeça baixa, envergonhado.

Chamei meu filho para tomar café comigo. Ele me disse que aquela casa era pequena demais para suportar a presença dos dois inimigos. Eu precisava conversar com ele e o convidei para seguirmos juntos à casa de Marina.

Gonçalo era muito reservado. Por mais que eu tentasse saber alguma, ele quase não falava. Somente falou que Pai Rufino havia ajudado a salvar a vida de Putdkan. Senti orgulho de meu pai ao perceber que, no momento de escolher entre o ódio de Putdkan e o amor por Gonçalo, o sentimento mais nobre falou mais alto.

À noite, ao chegar em casa, fui até o quarto cuidar de Bené. Troquei-lhe o curativo do rosto. A ferida estava feia e cheia de pus. Bené ardia em febre. Um ferimento daquele tamanho só poderia ter sido feito com alguma lança de metal enferrujado na ponta.

Putdkan provou que ainda era um índio forte. Eu não sabia exatamente o que acontecera. A única certeza que eu tinha é que Bené precisava de cuidados médicos. Poderia ser tétano e, ao perceber que o problema era realmente sério, fiquei com medo de perdê-lo. Apesar de todos os seus defeitos, não imaginava a minha vida sem a sua companhia. Arlete providenciou um táxi e seguimos para o hospital.

    Bené ficou internado por vários dias. A febre demorou a ceder, mesmo com o tratamento. Quando voltou para casa não conversamos sobre o assunto, a única lembrança do acontecido foi uma grande cicatriz no rosto que ele levaria consigo por toda a vida, além de um sentimento de derrota que o fez envolver-se ainda mais com o álcool. Acho que, em seu íntimo, Bené não se perdoava por ter perdido aquela luta.

    Foi uma época de relativa paz. Os anos passavam-se lentamente e a força do tempo começava a deixar suas marcas em meu rosto, em meu corpo.

    Naquela época, com Gonçalo morando longe e Arlete trabalhando como advogada, Arlindo e eu nos aproximamos mais. Às vezes, arrependo-me por ter sido uma mãe distante em sua infância. Acho que percebi a tempo e tive oportunidades de lhe demonstrar o meu amor.

    Certa tarde, Marina conversava comigo. Disse que lera no jornal, sobre o projeto Foz do Bezerra, de responsabilidade de Furnas. Eu não estava dando muita atenção ao que ela falava. Marina nunca perdera a mania de querer tornar-me uma pessoa mais culta. Ela sempre lia em voz alta livros, notícias importantes, enquanto eu amassava a massa para fazer pastéis ou enquanto batia um bolo.

Ela lia tantas coisas, às vezes tão distantes de minha realidade, que nem sempre eu prestava atenção. Contudo, quando ela falou nos Kalunga, parei tudo que estava fazendo. Enxuguei as mãos no avental e me sentei à mesa ao lado dela. Marina pegou o jornal e começou a ler. Eu não entendia os termos técnicos utilizados pelo jornalista. Só entendi que se tratava da construção de uma barragem, na foz do rio Bezerra. E que, se a obra fosse realizada, inundaria uma grande parte do território Kalunga.

Meu coração bateu forte. Meu povo estava ameaçado de perder sua terra, que era tudo o que tínhamos. Marina continuou a ler. Eu nem piscava os olhos, prestando atenção. A reportagem dizia que Furnas transferiria os moradores para outra localidade, uma vez que as casas eram muito simples e não oneraria os custos, garantindo, desta forma, a continuidade do projeto.

As coisas estavam ficando complicadas para entender. Pedi à Marina para me explicar, com suas próprias palavras, essa nova ameaça que os brancos queriam impor à nossa gente. Era um projeto de Furnas que estava em estudos. Caso viesse a acontecer, as pessoas e os animais seriam transferidos para um outro local. Matias disse que a empresa não poderia perder tanto dinheiro investido no projeto. Marina me acalmou. Havia muitas pessoas representando a comunidade Kalunga. Possivelmente aquele projeto não iria para a frente.

Eu não consegui parar de pensar naquele assunto. Tirar nossa gente daquela região era como arrancar uma grande árvore, de raízes profundas, e tentar plantá-la em outro lugar. A árvore morreria, não suportaria a mudança Era isso que aconteceria com meu povo.

Apesar de eu morar em Goiânia e de Marina conversar comigo sobre as novidades, ler jornais, tentar inteirar-me dos acontecimentos, eu não passava de uma mulher simples que estudara alguns anos, mas não entendia sobre política nem estava a par dos projetos grandiosos do governo em Brasília, nossa nova capital.

Eu não tinha noção de que levar o progresso para o interior, para as pequenas cidades que existiam aos pés das serras, representaria tanta ameaça para meu povo. O governo queria implantar projetos de mineração, construção de usinas hidrelétricas, gerando renda para os municípios. E mais escolas, mais hospitais, mais empregos... Benefícios representavam o desenvolvimento para aquelas cidades. Porém, o governo não poderia esquecer que ali, naquelas serras, esquecido do mundo, já existia um povo que, por direito, era dono daquelas terras e poderia ser gravemente afetado com o rápido desenvolvimento. Eu era a favor do progresso, mas não às custas de um sacrifício tão grande para a comunidade Kalunga, que deveria ter seus direitos preservados.

Enquanto caminhava para minha casa, no final da tarde, revia como um filme toda a influência negativa do homem branco à nossa comunidade. As histórias que Nhô Tobias contava sobre a escravidão, os capangas dos grileiros que roubaram as terras e a vida de meu amigo José (que eu jamais esquecerei), os índios que também tiveram suas aldeias devastadas, fazendo com que os Avá-Canoeiros vivessem como nômades, sem terra nem identidade, a usina hidrelétrica de Serra da Mesa que inundaria a região de perambulação desses índios, e agora, como se não bastasse, queriam inundar também a nossa região.

Pelo pouco que entendi, os homens da usina não queriam perder o dinheiro que haviam gastado no tal projeto. Mas e nossa gente? Poderiam perder suas terras herdadas de seus pais, avós, bisavós... de tantas gerações passadas. Qual era o legado que deixariam para seus filhos e netos?

Em casa, senti vontade de conversar com o Bené sobre isso. Mas olhei para a rede e Bené roncava, esquecido no tempo. Segui para a cozinha. Precisava preparar alguma coisa para comermos. No jantar, com a família reunida em torno da mesa, perguntei à Arlete se ela estava sabendo sobre o assunto do jornal. Minha filha disse que estava acompanhando os acontecimentos e que não me falara nada para que eu não me preocupasse. Pediu, como Marina, para que eu me acalmasse. Representantes da comunidade tinham feito uma grande documentação sobre o povo Kalunga, demonstrando a necessidade de proteger os moradores dos vãos das serras contra mais uma ameaça que vinha de fora.

Toda a documentação havia sido entregue à Furnas e que o Sarney, o então Presidente do Brasil, havia suspendido, temporariamente, a barragem. Arlete não acreditava que este projeto viesse a acontecer. A construção daquela usina era um desrespeito à vida e à cultura de nossa gente, além de ferir os direitos dos ex-quilombos garantidos na atual Constituição.

Orgulhei-me da minha filha, vendo-a falar sobre os direitos dos negros, nossa cultura e sobre essa tal de Constituição. Fiquei mais calma e confiante. Nada de mal aconteceria à nossa gente. A única coisa que Bené falou sobre o assunto foi que não poderia perder seu pedaço de chão. Era lá que ele queria passar a velhice.

No outro dia recebi uma carta de Gonçalo. Nós nos correspondíamos com frequência. Eu não aguentava mais de saudades. Tinha até uma neta, de quase dois anos, e não a conhecia ainda. Às vezes eu pensava em voltar para minha terra. Vendo o Bené tão desanimado, afogando-se no álcool, só aumentava a minha vontade de ir embora, além do que não havia mais o fantasma do Putdkan. Ele se tornara real e fazia parte da família. Na carta, Gonçalo falava sobre a construção da barragem e como nosso povo reagiu. Avisaram à Furnas de que ninguém sairia, que morreriam ali nos últimos picos das serras. As pessoas se recusariam a sair de dentro de casa. Até a água poderia vir. Se era para perderem as terras, preferiam perder a própria vida. Contava que na verdade este assunto não o preocupava. Com a suspensão do projeto, as coisas estavam mais tranquilas. O que o deixava ansioso era um fazendeiro que queria tomar nossas terras...

Quando terminei de ler a carta, fiquei preocupada. Lembrei-me do que acontecera ao meu amigo José e à sua família. O medo tomou conta de mim. Senti uma grande vontade de largar tudo e voltar para minha região. Além de o governo querer inundar nossas terras com a construção de uma usina, ainda existia a ameaça daquele fazendeiro que queria se apoderar do que não era dele.

Aquela confusão toda era muita coisa para minha cabeça. Fiquei até tarde da noite olhando as estrelas e pensando no que eu faria. Caso o tal projeto fosse adiante, eu voltaria para minha região e morreria junto com os meus, de braços dados à minha querida mãe Iara. Caso o fazendeiro quisesse tomar nossas terras, eu iria lutar ao lado do meu pai Rufino. Eu não poderia aceitar que nossa família tivesse o mesmo fim que a família do meu amigo José. Estava decidida, iria ficar com minha gente.

Quando Arlete demorava a chegar, meus olhos fitavam a rua a todo instante. Ficava horas sentada no banco, em frente à nossa casa, esperando sua volta. Minha filha era uma moça esforçada. Recém-formada, quase não conseguia clientes. Quando aparecia algum, ela se dedicava de corpo e alma, embora, na maioria das vezes, recebesse como pagamento um porco gordo ou uma galinha... Outro dia, ela chegou lá em casa com um tatu! Ela nunca deixou de ajudar ninguém por falta de dinheiro, principalmente os negros.

Já era tarde e eu continuava olhando a noite, pensando como seria caso realmente eu fosse embora. O terreno onde morávamos não era nosso. Era de Marina. Caso eu deixasse de trabalhar na casa dela, provavelmente teria que desocupar o lote. Como ficaria minha filha naquela cidade sem ter onde morar? Eu estava tão absorta em meus pensamentos que só percebi que Bené chegara quando ele puxou um tamborete e sentou-se ao meu lado. Achei estranho aquilo. Ele nunca perdia o seu tempo para me fazer companhia. Ficou em silêncio por alguns minutos. Depois anunciou sem me olhar nos olhos:

— Muié... eu quero vortá pra serra.

Bené, mesmo depois de tanto tempo morando na cidade, não mudara a sua forma de falar. Passava o dia na oficina. Fazia os serviços pesados de marceneiro. E eu ficava dias sem ouvir sua voz. Eu tinha meus sonhos e desejos e ele, por sua vez, também deveria ter muitos planos. Eu queria um companheiro, alguém para partilhar a vida e não tinha isso ao lado de Bené.

Ele, acredito eu, achava que o pai de Arlindo fosse o Silva e se sentia preso a uma família que não era a sua. Eu sempre tive essa impressão: Bené agia como se não fizesse parte da família. Quando ele revelou que queria voltar para a serra, fiquei sem saber se ele queria voltar sozinho ou se queria que eu fosse junto.

Bené continuou a falar, dizendo que estava cansado, e que soubera por meio de Januário – um vizinho nosso que sabia que éramos da região dos Kalunga – sobre o risco de o nosso povo perder as terras. Bené estava receoso de perder nosso chão. Pai Rufino era um velho cansado. Já estava na hora de voltarmos para nossa terra.

Só naquele momento foi que eu me senti incluída em seus planos. Fiquei feliz por perceber que ele queria que eu fosse ao seu lado. Falei para Bené que eu também tinha vontade de voltar e fazer companhia aos meus pais na velhice deles. Combinamos então de voltar para a serra, no início do outro ano. Faltavam apenas quatro meses para o Natal e eu estava cheia de expectativas em voltar para minha região. Naquela noite, pela primeira vez em tantos anos, dormimos abraçados, comungando um sonho em comum. Foi tão bom! Eu pude notar que havíamos perdido um tempo precioso de nossas vidas, ocupando-nos em nos distanciar um do outro com o nosso silêncio em vez de partilhar nossos sonhos e sentimentos.

Quando contei à Marina que iria embora, minha amiga levou um susto. Tentou convencer-me de que era uma loucura, que lá não havia trabalho nem estudo para Arlindo, que minha vida havia mudado nesses últimos anos e que seria difícil eu me adaptar àquele modo de viver. Entretanto, eu via as coisas de um outro jeito.

No tempo em que passei longe de minha região, toda noite, quando olhava o céu, crescia em mim um desejo de voltar, de sentir o cheiro da terra, de andar descalça, de colher o meu sustento na roça, de contemplar a grande quantidade de estrelas que vinham espiar o nosso sono à noite.

Saudades de mãe Iara, do pomar, de chupar caju, de lambuzar-me de manga... Saudades da nossa casa, da oficina... Saudades de confeccionar quibano e tapiti... Saudades do arroz socado no pilão, do meu fogão à lenha e do gosto do feijão... Saudades de tomar banho no rio Prata, de pescar e nadar... Saudades das festas, das nossas tradições... Saudades de dar voltas ao redor da fogueira, segurando a vela de cera de abelha, enquanto o mastro, com a imagem de São Gonçalo do Amarante, subia tão alto que parecia beijar o céu... Saudades de dançar a Sussa... Saudades da minha casa coberta com folhas de buriti...

Eu não poderia ficar ali, inerte, apenas assistindo às atrocidades que minha gente estava sofrendo. Tinha alguma coisa dentro de mim que me perturbava, que me impulsionava para frente. Era minha consciência negra que não me deixava relaxar. Eu tinha que ir. Além de fazer isto por mim e por minha família, fazia, principalmente, por meu querido Nhô Tobias.

Mas para que falar essas coisas à Marina? Sei que para ela tudo isso fazia parte de um mundo desconhecido e sem importância. Eu apenas sorri, decidida a ir embora.

Arlete não iria. Trabalhava e ficava até tarde da noite lendo e relendo um amontoado de livros. Nem eu queria que ela fosse. Minha filha tinha uma vida pela frente e estava preparada para seguir seu caminho. Para mim, e só eu sei o quanto, esta era a parte mais difícil. Ficar longe da minha menina... Eu sei que ela já era uma mulher feita. Porém, aos meus olhos de mãe, Arlete sempre seria minha menina que nascera lá no chão na serra, vindo ao mundo pelos braços de mãe Iara.

À noite, quando lhe contei sobre os meus planos, sua reação não foi diferente da reação de Marina. Mas minha filha entendeu minha decisão. Arlete disse que Arlindo ficaria. Pela forma com que falou, não se tratava de um pedido, mas de coisa decidida. Falou que Arlindo deveria ter a mesma oportunidade de estudo que ela. E, se depois, quando ele estivesse maior, quisesse seguir seu caminho, como fez Gonçalo, seria uma opção apenas dele. Bené, deitado na rede, entrou na conversa, dizendo que precisaria da ajuda de Arlindo na roça. Arlete foi firme e disse que não tinha o menor cabimento atrapalhar os estudos do menino. E, mais tarde, ele poderia nos ajudar sabendo voar com suas próprias asas. Bené calou-se consentindo.

Mais uma vez, contei com o apoio e a ajuda de minha amiga. O lote em que morávamos, como já disse, era dela, porém Marina não precisava daquele lote. Era uma mulher rica.

Fiquei emocionada quando ela me entregou a escritura do lote em meu nome. Fizera uma doação. Aquele pedaço de chão agora era meu. Arlete e Arlindo poderiam continuar morando lá.

Chorei ao despedir-me de minha amiga. Entre abraços e lágrimas, prometemos trocar correspondências até minha volta. Marina não acreditava que eu ficasse lá por muito tempo. Meu lugar na casa dela estava garantido. Portanto, eu poderia voltar quando quisesse...

Lembro-me da primeira vez que a vi. Da forma que a tratara, sem ao menos responder às suas perguntas. Quanta hostilidade eu tinha no coração! Mas ela me ajudou a perceber que eu não poderia julgar todos os brancos pelas atitudes de alguns. Marina, apesar de rica, era uma pessoa simples e tinha uma bondade vinda do fundo de sua alma que eu jamais esquecerei.

10

Ao chegarmos, vi as ruínas da casa de meus pais. Cinzas de madeira espalhavam-se ao redor. Pude perceber que o incêndio era coisa recente. Um pequeno fio de fumaça saía dos restos de madeira tombados no chão. A oficina, toda revirada, como se algum ladrão tivesse passado por ali, fez meu coração bater descompassado e a respiração fugir. Dei um esporão no cavalo e saí sem saber para onde ir.

Gritei por pai Rufino e mãe Iara. Senti uma sensação de perda tão grande, um vazio, por perceber que eu chegara tarde. Meus pais... eu nem sabia se ainda estavam vivos.

Seguimos para a roça e não os encontramos, apesar de a roça estar toda verde. Voltamos e seguimos para nossa casa, que ficava a apenas alguns metros da casa dos meus pais e na qual Gonçalo havia morado antes de encontrar Putdkan. Estava vazia. Apenas a mesma mesa e cadeiras que Bené fizera, com grossas madeiras, por ocasião do nosso casamento, permaneciam na sala. Parecia que tudo fora abandonado.

Minha mente trabalhava rápido, tentando descobrir onde meus pais poderiam estar. Sentia um aperto no peito, um nó na garganta, um medo de que algo de ruim pudesse ter acontecido com eles. A cavalo, seguimos apressados para a casa de Gonçalo. Ao longe, avistei Tuwiai com uma criança pendurada em sua cintura, mamando em seu seio farto. Fui tentando me acalmar, contemplando aquela linda cena. Tuwiai veio ao nosso encontro, porém, ao ver Bené, parou assustada. Apeamos. Eu a abracei, chorando, enquanto beijava minha neta. A criança, que ainda não conhecia a avó, assustou-se ao me ver toda desalinhada e com o rosto inchado de tanto chorar.

Mas eu estava muito emocionada e queria saber notícias dos meus pais. Ficamos alguns instantes conversando no quintal. Quando percebi, mãe Iara aproximava-se devagar. Fui ao seu encontro com a sensação de que um grande peso havia saído do meu peito. Eu não conseguia parar de chorar. Permanecemos algum tempo abraçadas, chorando juntas, partilhando aquele sentimento da alegria do encontro misturado à tristeza pelo que acontecera com a casa deles. Entramos na casa de Tuwiai abraçadas. Eu estava tão envolvida, conversando com mãe Iara, que me esqueci de Bené. Ao perceber sua falta, saí à sua procura, encontrando-o sentado no chão à sombra de uma árvore.

Ele não queria entrar na casa de Gonçalo. Falou-me que, como já havíamos encontrado minha mãe, ele daria umas voltas nas redondezas e voltaria mais tarde para me buscar. Concordei. Enquanto voltava para a cozinha, pensava em como seria dali por diante com Bené e Putdkan morando tão próximos um do outro. Será que teríamos paz?

Putdkan estava escondido na copa de uma frondosa árvore, vigiando a casa. Ao ver Bené distanciando-se, veio ao meu encontro. Olhei-o frente a frente e ele já estava bem diferente da última vez que nos vimos. Havia recuperado a força e a saúde, seu corpo esguio demonstrava que ainda era um índio guerreiro. O que me chamou a atenção foi o seu sorriso. Não lhe faltava mais nenhum dente. Gonçalo estava cuidando do pai. Eu, pela primeira vez, o achei bonito.

Putdkan pediu que eu não saísse de dentro de casa, pois era perigoso ficar andando por aí. Ficou me olhando sem desviar o olhar. Constrangida, obedeci. Sem nada dizer, segui para a cozinha.

Mãe Iara contou-me que pai Rufino e Gonçalo haviam saído juntos para ver se encontravam alguém se esgueirando em nossas terras. Achei mãe Iara muito abatida. Logo ela que nunca havia saído de nossa região para nenhum outro lugar em toda a sua vida. Ela convivia com o medo de ser expulsa de sua própria terra.

Quis saber o motivo de a casa dela ter sido queimada daquele jeito. Seus olhos encheram-se de lágrimas. Haviam destruído sua casa, roubado suas galinhas, pisaram em suas plantas, acabaram com sua horta, levaram os mantimentos da oficina, espalhando o medo e o horror.

Nos olhos de mãe Iara, vi o mesmo sentimento de derrota e impotência que eu vira nos olhos de meu amigo José. A revolta crescia dentro do meu peito. Meus pais foram refugiar-se na casa de Gonçalo, porque, juntos, eram mais fortes.

Gonçalo, pai Rufino e Bené chegaram juntos. O sofrimento une as pessoas. Como estávamos passando por um momento difícil, as diferenças foram deixadas de lado e nos unimos para salvar a nossa terra... a terra que fora de nossos avós e seria também de nossos filhos e netos. Não abandonaríamos nosso chão, não correríamos para outro agrupamento, amontoando-nos na casa de parentes. Lutaríamos e morreríamos juntos, se preciso fosse.

Pai Rufino fora pressionado a vender nossas terras por um preço insignificante. Ainda que o preço fosse alto, pai Rufino não venderia. Conforme mãe Iara havia me contado, o fazendeiro chegou lá em casa, certo dia, trazendo um documento para pai Rufino assinar. Como ele não sabia ler, o tal fazendeiro levara uma almofada de carimbos para meu pai colocar o seu polegar, marcando sua impressão digital. Gonçalo chegou naquele momento, leu o documento e pai Rufino recusou-se a colocar as marcas de suas digitais no papel. Desde então, não tiveram mais sossego.

Estávamos no final da década de 1980. Os moradores dos vãos das serras que viviam naquelas paragens desde a época da escravidão passaram a ser perseguidos ostensivamente por fazendeiros inescrupulosos. Nos anos de crise, famílias que moravam nos agrupamentos do Vão do Moleque, Vão das Almas, e Ribeirão dos Bois, na região dos Kalunga, se sentiam acuados e, deixando para trás suas terras, iam procurar refúgio nas beiras dos rios, nas beiras das estradas aos pés das serras. Sem ter onde plantar, passavam fome e necessidades. Pessoas, famílias inteiras foram arrancadas, pela raiz, de seu solo fértil. Já não sabiam o que fazer e nem tinham para onde ir. Perambulavam sem identidade nem destino certo.

Bené queria fazer outra casa para pai Rufino e mãe Iara. Gonçalo achou melhor não. O fazendeiro e seus capangas fariam maldades ainda piores. Ficamos, todos, morando com Gonçalo.

Putdkan não descansava. Passava o dia inteiro e a noite vigiando a casa. Às vezes, cochilava um pouco. Certo dia chegou até a cair do tamborete no qual estava sentado, pois dormira, exausto. Bené mantinha uma certa distância de Gonçalo e Putdkan. Apenas com pai Rufino ele conversava mais à vontade. Existia uma paz armada dentro de casa. Precisávamos um do outro e não queríamos desentendimentos que poderiam piorar as coisas.

Apeguei-me demais à minha neta, Maria de Jesus. Eu tinha receio de que os capangas dos fazendeiros fizessem com ela o mesmo que fizeram com a bisneta do meu amigo José. Ainda hoje me lembro das queimaduras feitas no pequeno corpo daquela inocente criança. Eu cercava Maria de Jesus de cuidados. Não tirava os olhos da minha pequena neta.

A comunidade Kalunga estava se unindo. Pai Rufino contou-me que a antropóloga Mari Baiocchi, a Meire, estava mobilizando a comunidade, fazendo reuniões, despertando nos moradores a conscientização da importância de se unirem, de lutar contra o que estava acontecendo. Quando ficávamos sabendo que aconteceria alguma reunião, Gonçalo, pai Rufino, Bené e eu seguíamos para o encontro. Putdkan ficava em casa com Tuwiai, Maria de Jesus e mãe Iara para protegê-las.

Ao participar dos encontros, eu ficava impressionada com as guerreiras de nossa região. Mulheres analfabetas, mas cheias de coragem para lutar. Eram líderes de nossa comunidade. Desciam a serra com outros representantes e iam falar com as autoridades em nome do nosso povo. Eu me orgulhava cada vez mais da minha gente e das minhas origens.

Não posso falar da nossa luta sem mencionar Mari Baiocchi. Ela foi uma desbravadora. Muitas vezes encontrou resistências até de alguns moradores da comunidade Kalunga. Porém, e isto não se pode negar, foi a pessoa que nos ajudou e nos incentivou a lutar por nossos direitos e a reivindicar a regularização dos documentos de propriedade de nossas terras. É certo que nosso povo era remanescente dos quilombos no Brasil e que morávamos naquela região há mais de cem anos. Entretanto, não tínhamos documentos que comprovassem isso. Alguns fazendeiros, mais fortes e instruídos, nos roubavam pelo poder e pela força o que era nosso por direito.

Lembro-me de que a roça de pai Rufino estava toda verdinha e chegara a hora da colheita. Fiquei de longe observando, estarrecida, uma manada de búfalos pisotear toda a plantação dele. A ação dos grileiros era forte, pressionando famílias inteiras a desocuparem suas terras, principalmente as mais produtivas.

Os fazendeiros utilizavam-se de todos os recursos para nos fazer recuar. Soltaram uma manada de búfalos na plantação, acabando com todo o fruto que a terra oferecia para uma excelente colheita. Putdkan ainda conseguiu abater alguns animais. Escondido em cima de uma árvore, lançava flechas com metais afiados em suas pontas. Mas isso não era suficiente. Não conseguíamos nos defender.

Eu, apesar de querer muito salvar as nossas terras, sentia um grande medo de que alguma coisa de ruim acontecesse aos meus, a exemplo do que acontecera ao seu José, que perdera a vida numa emboscada. Eu pedia para que não reagissem, de peito aberto, às pressões dos grileiros. Teríamos que ter paciência. Era preciso resguardar nossas terras e nossas vidas também.

Todas as noites eu acendia velas para Nossa Senhora da Conceição e São Gonçalo do Amarante. Pedia a proteção deles para que nossa comunidade conseguisse resolver de forma pacífica e com a ajuda das autoridades aquela situação.

Tudo aquilo feria profundamente meus pais que, já velhos, sofriam com aquela invasão inescrupulosa ao seu mundo. Aos poucos, as atrocidades cometidas pelos grileiros foram diminuindo. Nosso povo se uniu, pediu ajuda. Com a intervenção das autoridades, foi possível controlar a ganância e a violência dos grileiros.

Bené ganhara outro ânimo com a preocupação de defender nossa terra; afastou-se da bebida. Quando percebeu que não corríamos mais perigo de perder o que era nosso, chamou-me no quarto. Tirou uma pequena bolsa de couro de dentro da mala e me mostrou a quantidade de dinheiro de que dispunha.

Para mim, que sempre vivi com pouco, aquela era uma quantia considerável. Bené tinha um brilho diferente nos olhos. Aquele dinheiro representava todas as economias que fizera trabalhando como marceneiro. Compramos trinta cabeças de gado, fizemos um curral. Era como se estivéssemos começando uma nova vida. Bené ajudou meu pai a reconstruir sua casa. Aos poucos, tudo voltou ao normal.

Existia um projeto chamado "Projeto Kalunga – Povo da Terra" que, desde 1982, buscava resgatar a nossa memória histórica, lutar pela regularização de nossas terras, além de propor que a região fosse transformada em santuário ecológico. Este projeto contava com o apoio da equipe da Universidade de Goiás. Graças a essa parceria, o envolvimento do governo e as lideranças de nossa comunidade conseguiram retirar o canteiro de obras que Furnas havia instalado para a construção da barragem na foz do rio Bezerra.

Nosso território fora tombado, em 1991, como Patrimônio Cultural e Sítio de Valor Histórico. Nosso povo vencera a opressão dos poderosos e, finalmente, poderíamos descansar em paz tendo sido resguardados os nossos direitos por uma terra que já era nossa de fato.

Foi uma época que marcou minha vida pelas coisas boas que aconteceram. Bené e eu estávamos mais próximos um do outro. Pai Rufino, com cabelos grisalhos, tornara-se um homem sensível, de choro fácil. Eu pude conhecê-lo mais profundamente. Ficávamos até tarde, na varanda, conversando. Às vezes, apenas o silêncio falava por si e o que importava era a companhia um do outro. Aquela imagem de homem rude e severo que eu construíra na mente, em função do nosso relacionamento em minha infância e adolescência, se perdeu no esquecimento. Pai Rufino tornara-se meu amigo.

Tive meus filhos quando menina-moça. Gonçalo casou-se cedo. Deu-me uma linda neta. Eu já era uma mulher madura, já avó, apesar de não ter chegado, ainda, na casa dos quarenta anos. Depois de tantas dificuldades estava descobrindo a serenidade do relacionamento a dois, a aceitação de nossas diferenças e a passividade de um convívio sem atropelos.

Bené e eu começamos a nos compreender melhor, participando mais da vida um do outro. Eu o ajudava no curral, ordenhando as vacas, e na roça plantando e colhendo para o nosso sustento. Até os serviços na oficina de ralar a mandioca e preparar a farinha fazíamos juntos. Para minha felicidade ser completa, só faltava Arlete e Arlindo, que moravam longe. Eu sentia uma saudade doída dos meus filhos. Trocávamos cartas com frequência.

Toda vez que Gonçalo ou Bené desciam a serra levavam uma carta minha. No correio da cidade, sempre havia correspondência de Arlete ou Arlindo para mim. Eram cartas compridas, nas quais eles contavam sobre o cotidiano em Goiânia. Arlindo já era um rapaz de quinze anos. Marina, que sempre os visitava, arrumou um emprego para ele na clínica do Matias. Todo serviço que precisava ser feito na rua ficara sob a responsabilidade dele. Marina estava sempre presente na história da minha vida. Não irei esquecê-la jamais.

Com o tempo foi aberta uma estrada. Ligava a nossa região, Vão do Moleque, até Cavalcante. Confesso que aquela estrada me causou um pouco de medo. Eu sabia que por ela entrariam em nossa região o bem e o mal. Infelizmente, o que é bom vem devagar e o que é ruim chega bem mais depressa. Só alguns anos mais tarde eu pude perceber a transformação que aquela estrada representaria em minha vida.

As benfeitorias, aos poucos, começavam a chegar. Algumas escolas foram construídas e começamos a ter interferência da sociedade em nossa cultura.

As adolescentes compravam cremes na cidade para alisar o cabelo, as panelas de barro foram sendo substituídas por panelas de ferro, e, depois, por de alumínio. As roupas deixaram de ser tecidas com o algodão plantado e fiado em nossa região pelas mulheres. Os pés dos Kalunga, que sempre andavam descalços, começavam a ganhar chinelos e sapatos.

Antigamente, nós plantávamos praticamente tudo o que comíamos. Fazíamos açúcar de cana, bem clarinho... queimávamos e moíamos o café... salgávamos a carne e, da terra, tirávamos nossos remédios.

Com as facilidades que os produtos industrializados nos ofereciam, fomos, aos poucos, abandonando nossos costumes. Comprávamos na cidade o que antes era produzido por nossas mãos. Eu via aquelas mudanças acontecerem e ficava preocupada. Ao meu ver, nós queríamos e precisávamos de ferramentas para trabalhar... máquina de costura para coser nossas roupas, remédios, postos de saúde e escolas para nossa comunidade...

Tudo isso era importante. Ao reparar nos jovens Kalunga, muitas vezes envergonhando-se de suas raízes, tratando-se, entre si, de "calungeirada preta e feia" ou "sai pra lá com sua fiúra..." aquilo me doía profundamente. Eu queria que meu povo tivesse acesso a melhores condições de vida, mas não ao preço da negação de nossas origens e valores culturais.

Nossa região saiu da situação de isolamento e começou a manter outra relação com as cidades ao pé da serra. E mais tarde com a sociedade brasileira de um modo geral. Éramos visitados com maior frequência. Turistas iam conhecer os encantos de nossos rios, cascatas e natureza. Queriam saber de nossa cultura, participavam de nossas festas. Estudantes nos procuravam para fazer pesquisas... Porém, apesar de já existir estrada para nossa região, o transporte era muito precário. A prefeitura colocou um caminhão à disposição da comunidade. As viagens entre Vão do Moleque e Cavalcante eram muito custosas. As pessoas amontoavam-se na carroceria do caminhão, sentadas sobre os mantimentos que transportavam, enfrentando sol ardente, calor e poeira.

Para os Kalunga, que éramos acostumados a fazer aquele percurso no lombo de um animal, aquele caminhão representava o progresso para a comunidade. Mas nem todo turista estava disposto a se submeter à viagem tão cansativa.

Foi nessa época que Bené teve a ideia de vender o gado para comprar uma caminhonete usada. Cobraria dos turistas o percurso da cidade até a comunidade. Eu não deveria ter concordado com aquilo. Bené achava que ganharia mais dinheiro com essa nova atividade. Concordei. Era o início de uma nova fase em minha vida.

11

As choupanas em que os Kalunga moravam eram feitas umas distantes das outras, a não ser no caso de parentes, que construíam as casas próximas, como a minha, feita ao lado da casa de meus pais. As famílias faziam pequenos agrupamentos e, às vezes, para ir à casa de algum vizinho, tínhamos que andar algumas léguas.

Bené encantou-se com a camionete. Em época de festas, cobrava caro dos turistas que queriam conhecer nossa região. Tornou-se, além de motorista, guia turístico. Explorava nossa região na companhia das pessoas que vinham de fora. Alugava nossos cavalos.

O turismo acontecia nas épocas de festividades. No restante do ano, vivíamos nossa rotina de plantar, colher, fazer farinha... A comunidade Kalunga é dividida em vários núcleos: Contenda, Kalunga, Vão das Almas, Vão do Moleque e Ribeirão dos Bois. Em cada núcleo, acontecem, anualmente, a festa e os rituais para louvar o santo da região. Bené participava de todas as celebrações, levando e trazendo turistas, pois, assim, ganhávamos algum dinheiro.

No começo eu o acompanhava em todas as festas. Eu gostava daquilo. Conhecia muitas pessoas e me divertia. Porém, com o tempo, Bené foi recusando minha companhia. Dizia que não poderia me levar, pois eu estava ocupando a vaga de algum turista. Ele perdia dinheiro.

Aquilo me chateava. Bené passava dias fora de casa. Eu ficava sobrecarregada com o serviço da roça e da oficina. Trabalhava o dia todo, de sol a sol. Gonçalo reclamava, não achava correto o que Bené estava fazendo. Ajudava-me nos serviços mais pesados e eu me esforçava para dar conta de tudo.

Quando Bené chegava, sentava na rede, jantava calado e ia para o quarto. Lembrei-me da época em que morávamos em Goiânia: da sua frieza, da sua ausência. Percebi que estávamos vivendo tudo aquilo novamente. A impressão que eu tinha era de que a vida de Bené pertencia a outro local. Ele não se importava mais com as coisas de nossa casa, com os cuidados que uma roça exigia. Sei que ele ganhava algum dinheiro, porém, lá em casa, eu praticamente não via o resultado do fruto de seu novo trabalho. Eu queria arrumar nossa casa, aumentá-la um pouco para poder receber Arlete e Arlindo, que vinham em todas as férias nos visitar. Ele dizia que não tinha dinheiro.

Na oficina nós havíamos construído um quarto para guardar farinha e a quantidade que tínhamos estocada era grande. Bené estava cada vez mais vaidoso e só andava bem arrumado. Não queria mais ficar vendendo farinha na feira.

Num dia, eu levantei cedo. Pedi ajuda a Gonçalo. Colocamos na carroceria da camionete todos os sacos de farinha que estavam estocados. Bené acordou tarde, se arrumou, pegou as chaves do carro e eu o acompanhei. Ele disse que não me levaria, que tinha coisas importantes para resolver na cidade. Mas eu não falei nada. Apenas entrei na camionete dizendo que eu iria vender nossa farinha. Estava precisando de dinheiro. Quando ele olhou para a carroceria da camionete e viu aquela quantidade de sacos de farinha, ficou irritado; porém, eu estava decidida e não sairia daquele carro de jeito nenhum.

Seguimos calados para a cidade. O cheiro de sua colônia barata me deixou com dor de cabeça. Ele parou o carro na praça onde acontecia a feira. Tirou apenas três sacos de farinha. Foi embora sem ao menos dizer se viria me buscar. Passei o dia na cidade e vendi toda a farinha. Caso eu tivesse mais um saco, teria vendido mais. Começava a anoitecer e Bené não voltara para me buscar.

Uma das benfeitorias conquistadas por nossa comunidade foi a construção, em cada cidadezinha ao pé da serra, de uma Casa Kalunga, para as pessoas de nossa região encontrarem abrigo e refúgio na cidade quando precisassem. Segui para a Casa Kalunga. A noite havia chegado e eu estava só. Não havia levado nem rede e nem manta para me cobrir do frio. Não tinha a intenção de dormir fora de casa.

As lágrimas desciam no meu rosto pelo descaso de Bené. O que mais me irritou foi o cochicho e os risinhos baixos de um grupo de garotas acomodadas no outro canto da sala. Olhavam para mim de forma irônica como se quisessem falar alguma coisa. Vestiam roupas curtas e tinham idade para serem minhas filhas. Não dei muita atenção a elas.

Naquela noite dormi no chão, passando frio e fome. No outro dia, meu cabelo estava todo amassado. Ajeitei-o por baixo do lenço e segui para a padaria. Tomei café, comi pão com manteiga e fiquei esperando o caminhão da prefeitura que, mais tarde, iria para o Vão do Moleque.

Quando finalmente cheguei, era quase noite. Pai Rufino, Mãe Iara, Gonçalo, Tuwiai, minha neta e até Putdkan estavam preocupados à minha espera na casa dos meus pais. Bené não aparecera e só voltou para casa três dias depois e não era época de festa em nenhum dos núcleos de nossa comunidade. Onde Bené estava todos esses dias? Não perguntei nada. Eu era orgulhosa para isso. Mas sabia que alguma coisa estava acontecendo e eu descobriria sozinha.

O tempo ia passando. Cansada da lida diária com os afazeres da casa, da roça, da oficina, e querendo companhia, muitas vezes ia dormir na casa dos meus pais. Bené, cada vez mais, aumentava os dias em que dormia fora. Sempre com a desculpa de que estava servindo de guia turístico ou transportando pessoas da cidade até Vão do Moleque.

Certa tarde, ao perceber que ele se arrumava para sair, subi na carroceria da camionete. Escondi-me embaixo de alguns sacos de algodão cru que estavam vazios. Bené saiu apressado. Nem olhou para a carroceria. Percorremos umas quatro léguas. Meu corpo estava todo dolorido de tanto sacolejar, encolhido, na carroceria, por baixo daqueles panos.

Bené finalmente parou o carro e desceu. Eu tinha medo de olhar e ele notar que eu estava ali. Quando percebi que se distanciara, saí da camionete. Fiquei escondida nos arbustos. Ele entrou numa casa. Ficou lá alguns minutos. Saiu abraçado a uma jovem moça. Pelo seu perfil, à distância, deveria ser mais nova que Arlete.

Seguiram abraçados por uma trilha. Eu os acompanhei de longe. Chegaram a uma casa de alvenaria, paredes pintadas de branco e cobertas com boas telhas. Entraram. Eu fiquei esperando tanto tempo que até desisti. Já era noite. Pela janela, eu via a chama de uma lamparina clareando o interior da casa. Era possível ver o vulto de Bené tirando a camisa. O céu estava coberto por lindas estrelas, iluminando a escuridão. Eu não tinha coragem de voltar sozinha àquela hora da noite. Subi na carroceria da camionete, cobri-me com os sacos de algodão cru e fiquei esperando o dia amanhecer para voltar para casa.

Não consegui dormir um só minuto. Sentia uma forte opressão no peito. Descobrir que Bené tinha outra mulher me doeu demais. Eu havia resistido ao seu lado tantas dificuldades. Suportara seu ciúme, seu gênio difícil, sua ausência, mesmo quando estava presente. Não sei se suportaria.

Aquela casa bonita, aquelas telhas iguais às casas da cidade, aquelas portas e janelas de madeira... Tudo tinha o traço de Bené. Acho que ele construiu a casa. Fiquei pensando na minha tapera, que precisava de consertos, as folhas de buriti cobrindo meu chão, o barro socado nas paredes...

Quando o dia começou a clarear, saí da camionete e segui andando para casa. Bené só apareceu na outra semana. Eu não sabia como lidar com aquela situação. Calei-me. Não contei nada a ninguém. Sofri sozinha, tentando encontrar uma saída. Eu o via sair de casa, todo arrumado, mas não falava nada, não cobrava nada, apenas a tristeza no meu olhar denunciava minha insatisfação.

Eu passava os dias na luta diária, cuidando da roça, pensando em até quando eu aguentaria aquela situação. De vez em quando, ao chegar em casa, deparava-me com a carne de uma boa caça ou então com uma galinha gorda, já abatida e depenada, ou até com um simples ramo de flores do mato a enfeitar minha cozinha. Eram presentes que espantavam minha solidão e só apareciam lá em casa na ausência de Bené.

Na primeira oportunidade fui até a casa de Gonçalo agradecer ao meu filho aqueles agrados. Fiquei espantada quando Gonçalo me disse que não era ele quem estava me presenteando. Ao anoitecer, fui agradecer aos meus pais. Aquelas ofertas também não partiram deles.

Certa vez eu estava trabalhando, sozinha, na roça, e o suor escorria por minha face. Putdkan chegou, tomou a enxada das minhas mãos e continuou o serviço para mim. Eu estava tão cansada que aceitei aquela atenção. Perguntei se era ele quem levava aquelas coisas para minha casa. Era ele sim.

Meus olhos encheram-se de lágrimas. Eu estava sensível. Sentia-me só. Perceber que Putdkan se preocupava comigo, mesmo depois de tudo o que acontecera, mexeu com meus sentimentos. Eu agradeci, enquanto sentava-me no chão para descansar um pouco.

E assim Putdkan fazia todos os dias. Chegava, oferecia ajuda... eu aceitava, agradecida. De mansinho, sem que eu percebesse, foi tomando o lugar de Bené nas ocupações de casa. Eu fui deixando as coisas acontecerem. Sua presença era tão constante que eu comecei a sentir sua falta quando, por algum motivo, ele não aparecia para me ajudar.

Às vezes, eu percebia que Putdkan olhava-me de um jeito... Olhava-me da mesma forma de tantos anos atrás. Todo seu corpo chamava por mim.

Quando Bené estava em casa, Putdkan não aparecia. Nestes dias eu trabalhava muito mais, porque Bené não queria nem tomar conhecimento das coisas que se passavam ao seu redor. Só sabia reclamar da minha comida, da arrumação da casa. Qualquer coisa que eu fizesse o incomodava. Não me procurava mais na cama. Voltamos a ser dois estranhos debaixo do mesmo teto.

Eu tomava banho somente no final do dia, quando não havia mais ninguém no córrego. Era um silêncio e só o canto dos pássaros trazia uma melodia de paz. Sentei-me nua no córrego e a água cobria os meus ombros. Fiquei pensando em minha vida, no que estava acontecendo comigo.

Meu pensamento estava distante olhando o sol se pôr atrás da serra. Sentia a brisa fria do final da tarde. Putdkan chegou sorrateiro, por baixo d'água. Sentou-se ao meu lado. Eu continuei parada e ficamos alguns minutos apenas nos olhando. Ele aproximou-se mais, tocou em meu rosto, acariciou meu pescoço. Eu poderia dizer que não, mandá-lo sair. Mas eu estava tão magoada com Bené que deixei as coisas acontecerem. Talvez por vingança, ou para mostrar que eu ainda poderia ser amada por alguém. Putdkan tocou meus seios, meu sexo, minhas coxas. Uma moleza foi tomando conta do meu corpo. Nos amamos ali na água. Ele acendeu uma chama que estava se apagando em mim: a chama do desejo. Quando tudo terminou, fiquei assustada com minhas próprias sensações.

Quando voltei para casa, já era noite. O cheiro de Putdkan estava impregnado em minha pele. Minha boca ainda podia sentir o gosto de seus lábios. Eu percebi que ele gostou do meu. Suas mãos exploraram meu corpo sem pressa. A lua cheia abençoara a união de nossos corpos. Bené dormia no quarto, talvez sonhando com outra mulher; eu deitei-me na rede, pensando no que faria dali para frente.

No outro dia, tomei minha decisão. Peguei uma mochila velha, coloquei todas as roupas de Bené, e, quando ele chegou, tarde da noite, tropeçou na mochila, que estava na porta de casa.

Eu apareci na sala, com uma lamparina na mão e disse que ele deveria ir embora. Nosso casamento havia acabado. Bené sorriu com descaso, foi para o quarto, deitou-se, como se o que eu falara não tivesse nenhum valor. Eu não fui me deitar ao seu lado.

Armei a rede na sala e estava quase cochilando quando senti o corpo de Bené procurando espaço na rede. Ele usava uma colônia forte que me deixava enjoada e foi dizendo que sabia do que eu estava precisando. Aquilo me ofendeu e eu tentei me levantar. Bené não deixou, forçando-me a fazer sexo com ele. Comecei a gritar, pedindo que saísse, que me deixasse em paz.

Nós não tínhamos o costume de fechar a porta da nossa casa, até porque não existia nenhum perigo, nada que nos amedrontasse. Putdkan entrou. Puxou Bené, com força, que caiu da rede. Bené levantou-se, meio tonto, tentando ajeitar o calção que estava na altura dos joelhos. Quando viu Putdkan, seus olhos faiscaram de ódio. Começaram a brigar ali dentro de casa. Por mais que eu pedisse, não paravam de se esmurrar. Aquela briga estava parecendo com briga de galo, onde apenas um sobrevive. Saí correndo para a casa de meus pais, pedindo ajuda. Porém, pai Rufino não tinha mais a agilidade de outrora. Levantou-se devagar, calçou as alpargatas e saímos juntos.

Quando chegamos, fiquei apavorada. Encontrei o corpo de Bené estirado no chão e nenhum sinal de Putdkan. Não sabia se Bené estava morto ou apenas desacordado. Agachei-me, aproximando-me do seu rosto para sentir sua respiração. Bené respirava ofegante e tinha um corte na testa. Bené já deveria ter aprendido a respeitar Putdkan, pelo menos sua força física.

A história de vida de Putdkan era recheada de lutas e conflitos. Era um homem que sabia se defender muito bem e atacar quando fosse preciso. Bené não tinha nenhuma chance naquela luta. Putdkan, apesar de ser um pouco mais velho que Bené, tinha o corpo esguio, era mais alto e mais forte.

Pai Rufino ajudou-me a colocar Bené na cama. Lavei seus ferimentos e, quando ele adormeceu, fui dormir na casa de meus pais. Pai Rufino não deixou que eu passasse a noite ao lado de Bené, com medo de que ele pudesse me fazer algum mal.

Enquanto eu caminhava, ao lado de pai Rufino, vi o vulto de Putdkan, entre as árvores. Ele se distanciara para a direção da casa de Gonçalo, sabendo que eu estava em segurança.

Eu não havia comido nada. Estava com fome. Fiz um café forte e fiquei conversando na cozinha com pai Rufino. Mãe Iara dormia profundamente, não percebera nosso movimento. Abri o coração para meu pai. Falei sobre Bené e, pela primeira vez, contei a alguém a cena que eu vira, quando me escondi na camionete. Disse que meu casamento havia acabado e que eu queria que Bené fosse embora, definitivamente. Ele estava envolvido com outra mulher e até tinha uma casa, bem melhor que a nossa.

Percebi que pai Rufino se decepcionara com Bené. Não falei nada sobre o que acontecera entre mim e Putdkan. Não sabia, ainda, se eu gostava dele ou se nosso encontro teria sido algo passageiro. O que me importava era a certeza que eu tinha: não estava mais disposta a viver ao lado de alguém que não me respeitava.

Amanheceu. Pai Rufino me acompanhou até minha casa para ter uma conversa definitiva com Bené. Não foi preciso. Ao chegar, percebi que ele fora embora. A mochila que eu havia arrumado não estava lá. Na oficina faltavam alguns mantimentos, além dos sacos de farinha que eu pretendia vender na feira. Respirei aliviada. Ele foi embora. Foi melhor assim. Sem desgastes, nem choro, nem despedidas.

Fiquei pensando em tudo que eu havia vivido ao lado de Bené. Tudo foi válido. Mas agora eu estava livre para viver de forma mais plena.

Comecei a descobrir um Putdkan que eu não conhecia. Ele me fazia sentir uma pessoa especial. Nossa diferença de idade desaparecera. Putdkan era um índio conservado e, depois do tratamento de dente, remoçara uns tantos anos. Não era de conversar. Seu silêncio falava muito. Ele se preocupava comigo, importava-se com minha vida, ajudava-me nos serviços mais pesados. Nossos encontros, apesar de escondidos, tornaram-se quase diários e cheios de envolvimento.

Mãe Iara aparecia lá em casa e seus olhos liam minha alma. Eu abaixava a cabeça envergonhada, sem querer contar o que eu estava vivendo. Porém, jamais consegui enganar minha mãe.

Numa tarde, enquanto eu socava arroz no pilão, embaixo de uma mangueira, ela se aproximou com seus passos arrastados pela idade. Segurou-me pelo braço e disse que eu não deveria ter medo de ser feliz, nem me envergonhar de assumir o pai dos meus filhos. Disse que havia feito uma farofa de carne seca, daquelas que eu tanto gostava. Ela me convidou para jantarmos na casa dela. Putdkan foi comigo. Quando chegamos, encontramos Gonçalo e a família. Eu fiquei com vergonha de revelar que estava envolvida com o homem do qual eu passei a vida fugindo. Não foi preciso nenhuma explicação. Havia um entendimento e uma aceitação pairando no ar. Gonçalo estava visivelmente feliz. Pai Rufino e Putdkan conversavam como amigos. Eu olhei minha família reunida e fiquei emocionada.

Estávamos todos em paz e felizes. Quando fui buscar Arlete e Arlindo, em pensamento, olhei para a porta e os vi chegar de corpo presente. Todos fomos pegos de surpresa. Meus filhos não escreveram dizendo que viriam, como faziam sempre. Era uma noite de festa e havia comida para todos.

Arlindo perguntou pelo pai. Disse que no outro dia conversaríamos. Não fiquei perto de Putdkan. Queria conversar primeiro com Arlindo e Arlete. Meu filho tornara-se um negro bonito que chamava a atenção de muitas moças. Arlindo ficou descontraído, talvez pensando que Bené estivesse trabalhando como guia turístico em alguma festa distante.

Quando lhe contei que eu e o pai dele estávamos separados, ele aceitou. Arlindo era um rapaz estudado. Vivia em cidade grande. Achou natural, desde que eu estivesse feliz. Ainda assim, ele queria ver Bené. Como eu sabia muito bem o caminho, conduzi meu filho, a cavalo, até lá. Arlete seguiu conosco. A camionete estava parada na sombra de uma árvore, perto daquela casa feita com tijolos e telhas caras. Fiquei distante, não me aproximei. Minha filha e eu voltamos, enquanto Arlindo seguiu ao encontro do pai.

No caminho de volta, Arlete me convidou para morar na cidade. Eu olhei minha filha por algum tempo e disse que o meu lugar era ali, na serra. Porém eu via a preocupação nos olhos dela, sem saber como eu poderia cuidar de tanta coisa sozinha, uma vez que pai Rufino e mãe Iara não davam mais conta de trabalho muito pesado. Falei que Putdkan estava me ajudando e que a vida seguia seu curso. Arlete sorriu e disse: *"– Não vai me dizer que..."* Eu também sorri e seguimos o resto do caminho conversando sobre as coisas que aconteciam. Minha vida tinha dado tantas voltas, e estava retornando ao mesmo ponto onde tudo começou. E eu não imaginava que pudesse ser tão feliz.

Era uma nova oportunidade que eu estava tendo de recomeçar a minha vida. Refiz minha história, aprendi com meus erros. Hoje, sentada nesta cadeira de balanço, olhando as serras e morros distantes, o mesmo chão que pisei em toda a minha infância agora é o esteio de meus netos.

Com a velhice estampada no meu rosto, sou eu quem, como fazia antigamente meu querido Nhô Tobias, na escuridão da noite, reúno toda a criançada em volta da mesa, e, sob a chama reluzente da lamparina, conto a elas histórias muito antigas dos Quilombos no Brasil.

Para saber mais sobre o nosso catálogo, acesse:
www.iconeeditora.com.br

• • • • • • • • • • • • •

Este livro, composto nas tipologias
Melior, Bladley Hand e Papyrus,
foi impresso pela Imprensa da Fé
sobre papel offset 75 gramas para a
Ícone Editora em setembro de 2011

• • • • • • • • • • • • •